穢れた花嫁と孤高な鬼の番契約

夏みのる

STARTS
スターツ出版株式会社

いつまでこの日々は続くのだろう。

毎日そればかりを考えていた。

私には、誰にも知られてはいけない秘密があったから。

心を水底に沈めるように奥深くまで追いやって、何重にも鍵をかけた。

喜び、怒り、悲しみ、楽しみ。

強い感情に呑《の》み込まれてしまわないように、どんなときも気持ちを偽る必要があった。自分をも騙《だま》さないといけなかった。

でも——。

「君は、俺の運命なんだ」

死んだように生きていた私の世界は、時を越えたあの瞬間、あなたと出会えて息づき始めた。

目次

穢れた花嫁と孤高な鬼の番契約

プロローグ

〝あやかし〟

平安初期より人の世に姿を現した妖怪の一種。

幽世《かくりよ》（現在のあやかし界）に三つの国を築き治めていたが、明治《めいじ》後期に人間界と正式に『人妖《じんよう》共存条約』を締結。——『現代あやかし史』より抜粋。

『人妖共生』、『人妖共栄』と謳《うた》われるようになり百年以上。現代は人とあやかしが手を取り合い暮らしている。

人間以外の存在と人間とが結婚する『異類婚姻譚《たん》』は珍しくもなんともなく、人間と同じような人型のあやかしから、動植物に似た姿のあやかしなど、異類異形の人外種が数を増やしながらうまく世に溶け込んでいた。

「——みて、おじいちゃん！　いとにもよべたよ！」

白と黒のふわふわとした毛玉を両手に乗せ、幼い少女は可愛らしい笑みを浮かべた。

「どれどれ……おお、これはすごいな。式神を二体も出せたのか」

「おなまえも決めたの。コンちゃんと、ポンちゃん！」

今はもう取り壊されてしまった少女の祖父の家には、梅の木々が立ち並ぶ広い庭と縁側があった。石に囲われた池の中を、美しい尾ひれを伸ばした鯉《こい》が優雅に泳いでいる。

初めての式神召喚に喜ぶ少女に、祖父はゆっくりと言い聞かせた。

「いいかい、依十羽《いとは》。お前が陰陽師《おんみょうじ》の末裔《まつえい》だということは、誰にも教えてはいけないよ。じいちゃんとの約束だ」

皺《しわ》くちゃの大きな手。出された小指を、少女は自分の小指で触れる。

「わかってるよ～！　いつもの、やくそくね！」

「言うことが聞けて偉いぞ。よし、お前にこれをやろう」

「これ、なあに？」

銀のチェーンに繋《つな》がれたロケットペンダント。横の突起を押して開くと、よくわからない紋様が彫られていた。

「昔のご先祖様が身につけていた物だ。もしものときは、これを見て心を落ち着かせなさい」

「へぇ～、きれいだねぇ。ありがとう、おじいちゃん」

少女はまだなにも理解していなかった。人間とあやかしが共存するこの世界で、陰陽師がどれほどタブー視されているのかを。

占星術、厄災や疫病の対処、祭祀《さいし》、祈祷《きとう》……。

かつて、陰陽五行の思想を軸にさまざまな事象の専門家とされたが、そのおこないは褒められたものではなかった。

百年以上前、退魔の力を振りかざし、行きすぎたあやかし退治の末、人類史上最大の愚行を起こした陰陽師。

少女がその末裔であることは、絶対に知られてはいけない秘密だった。

第一話

『その血筋を誰にも知られるな。人の目に触れようとするな、目立つな。常に息を殺して、絶対に悟られず生きていけ』

あれは七歳の冬。病の末に息を引き取った祖父の病室で、突然現れた男が私に言った。

その人が実父だと知るのに時間はかからなかった。

そして、母を四歳のときに交通事故で失って以来、たったひとりの家族である祖父まで亡くした私は、否応なしに父と暮らすことになり……国内有数の大企業、『西ノ宮《にしのみや》』グループ社長の娘になったのだ。

『お前を娘だと認めたわけじゃない。あの女が勝手に産んだガキが厄介な血を引いているから仕方なく引き取ったんだ。マスコミや世間に知られるわけにはいかないからな』

どうやらこのクズ——父は大学在学中に母と交際を始め、卒業間際になって母から実家が陰陽師家系である旨を打ち明けられたらしい。

それを知った父はすぐさま母と別れ、当時並行して付き合っていた女性と結婚を決めたという。

母とは別れて以来、関わりを断っていた父だが、どこからか話を聞きつけ、祖父と死別したばかりの私を引き取りに現れたのである。

父には三人の娘がいた。ひとりは私と同い年、ふたりは二歳下の双子の妹だった。

『あんたがアタシたちのお姉ちゃんだなんて、認めないわ』

『そうよ。アタシたちのお姉ちゃんは櫻子《さくらこ》お姉ちゃんだけなんだから』

双子の美鈴《みすず》と美玲《みれい》は私を断固拒否。しかし、生まれ順では妹にあたる櫻子はなぜか好意的に接してくれた。

『はじめまして、櫻子よ』

櫻子と初めて挨拶を交わしたとき、あまりにも整った容姿に驚いた。その上、子どもながらに落ち着いていて、とても同い年とは思えなかった。

ある日、私は陰陽師の力で櫻子を傷つけた。あれだけ厳重に気をつけていたはずなのに、大切なロケットペンダントを奪われそうになり暴走しかけてしまったのだ。そして、あろうことか櫻子の体に火傷の痕を残したのである。

もうおしまいだと覚悟した。しかし、櫻子は……。

『許してあげるわ。その代わり三回回って、キャンって吠《ほ》えてみて？　私ね、退屈を紛らわせてくれるような犬がずっと欲しかったの。あなたが私の犬になるなら、陰陽師の血筋だという秘密は黙っていてあげる』

当時、さすがに私も開いた口が塞がらなかった。

品行方正、才色兼備と子どもながらに注目されていた櫻子の裏をこんなにも早く知る羽目になるなんて。

いわゆる、大猫かぶり。それも徹底した心象操作で、人前に立つ櫻子は完璧な社長令嬢を演じていた。家族すらも欺いて、家ぐるみで懇意にしているという〝番契約《つがい》〟候補のあやかしにも奥ゆかしい態度で接していた。

そんな櫻子に陰陽師の末裔である秘密を知られた私は、どんな言いつけにも逆らえなくなってしまったのだった――。

五月の西日がまぶしく差す講義室、放課後のチャイムが鳴るまでもう少し。今年高校二年生に進級した私は、窓外の景色をぼうっと眺めていた。

（一反木綿が風に攫《さら》われてる……）

白くてひらひらした細長い布が青空の下を通過している。

たぶん、あれは迷子だ。居住区域から飛ばされてきてしまったのだろう。今日はかなり風が強いから。

「――さん、西ノ宮依十羽さん！」

「っ、はい」

「授業中に堂々とよそ見ですか」

教卓に立つ教師から鋭い睨《にら》みを飛ばされ、私は口を開く。

「……すみません」

「はあ、まったく。妹の櫻子さんはあんなに優秀だというのに」

頭を下げると、教師は小言をこぼしながら授業を再開した。

「皆さんも『人妖学園《じんようがくえん》』に入学して一年が経ち、無事二年生に進級しました。二年生ともなればすでに〝番契約〟を済ませた生徒が大半かと思います」

ふとクラス中の視線がこちらへと注がれる。このクラスであやかし生徒と番契約を済ませていないのは私だけだからだ。

「番契約とは、人とあやかしが契約を結ぶことで成立するパートナー制度です。特にこの人妖学園では妖力耐性のある人間生徒を募集し番契約を推奨しています」

人妖学園は、その名のとおり人と妖（あやかし）が手を取り合い学ぶことを目的とした国立共学校。国家が定める条件のもと、学園が意欲的に取り組む制度こそが番契約だ。

異種族間の婚姻が公的に認められるようになり、あやかしたちは自身の血の繁栄と、妖力安定化のため番を求めるようになった。

妖力耐性のある人間は、あやかしの妖力を受け入れやすい。また番となることで右手の小指に表れる契約印の効果により、あやかしは妖力の安定、また増幅が期待でき、人間はあやかしの番という誉れを手に入れるのだ。

昔は生贄《いけにえ》としてあやかしに嫁ぐ人間も多かったらしいが、このご時世はもはや争奪戦である。

そして、家格上位のあやかし家当主や、分家筋の跡継ぎに男性が多い観点から、彼らの番に選ばれた女性たちのことを尊敬と祝福の意を込めて〝花つがい〟と呼ぶ。

もともとはあやかし界で国を統治していた鬼・九尾《きゅうび》・天狗《てんぐ》の一族の伴侶となる女性に贈られる言葉だったようだけど、今は一般にも浸透している憧れのワードだ。

「さて、番契約の復習は十分ですね」

ここからが本題だと、教師は黒板の文字を書き足した。

白いチョークで大きく【陰陽師】と書かれた文字に、わずかに肩が跳ねる。授業だから仕方がないといっても、私には心臓に悪い話だ。

「陰陽師とは百年以上前にあやかしの大量虐殺をおこなった穢《けが》れた一族。あやかし生徒の中には、先祖が陰陽師によって命を奪われたという人も大勢います」

人間生徒があやかし史を学ぶ上で必ず出てくる項目が『陰陽師』である。

あやかし生徒にとってはデリケートな話であるため、たびたびこうして種族を分けて授業を受ける必要があった。

「当時あやかしが治めていた幽世に陰陽師が侵攻を開始し、数万のあやかしが犠牲となりました。大侵攻後、人間の世には異形が大量発生する事態となりましたが、それを身を挺《てい》して救ったのが生き残ったあやかしです」

異形とは、悪妖や怨霊、八百万の神などが、さまざまな負を取り込んで新たに生まれる存在と言われている。

いったいどんな流れで、陰陽師によって数々の同胞を失くしたあやかしたちが人間の世界を救うまでに至ったのかは詳しくわかっていない。

（それから人間主導の陰陽師狩りがおこなわれるようになって、現代では完全に血が途絶えたと言われている……）

机上で握った拳に汗がにじむ。

悪妖の言葉どおり、確かに悪さをするあやかしは一定数いた。それでも歴史を読み解いた人々は、陰陽師の一連のおこないを『道徳に反する行きすぎた行為』と判断した。

ネット動画、まとめサイトでもよく当時の記録が取り上げられているけれど、コメントの八割以上は批判や中傷ばかりである。

もしも私が陰陽師の末裔であると知られてしまったら……。

嫌な想像をしてしまいゾッとした。

「はい、今日はここまで。次回の種族別授業は同じく来週の金曜日です」

終業のチャイムが鳴り、教師は講義室から出ていった。

移動教室だったので、人間生徒たちは友人たちと談笑しながらクラスに戻っていく。最後に出ていった生徒が戸をピシャリと閉め、私だけぽつりと残された。当たり前のように後ろを確認されることはない。

私は無言で息をつき、黒板の文字を消していく。

(本当は日直の仕事なのに……もう慣れちゃったけど)

どうせ待っていてくれる人もいないし、と思いながら私は手を動かした。

人妖学園に通って一年と少し。普通なら仲のいい友達がとっくにできてもおかしくないというのに、私にはひとりもいなかった。

昇降口で靴を履き替え外に出ると、黒髪ロングのお淑《しと》やかそうな美少女が校門横に立っているのが見えた。

(櫻子……)

右腕に生徒会の腕章を付け、下校する生徒や部活中の生徒と挨拶を交わしているのは、妹の櫻子だった。

そういえば、今週まで生徒会の挨拶週間だったっけ。嫌だな。なるべく顔を合わせたくない。

「依十羽」

こっそり裏門から帰ろうかと悩んでいると、私に気がついた櫻子が声をかけてきた。

櫻子は、にこやかな表情でこちらに歩いてくる。

「今から帰り？」

「……そうだけど」

私は視線だけを向け、素っ気なく返した。

「ちょっとあんた！　西ノ宮のお荷物のくせして櫻子さんにその態度はないんじゃないの？」

出た、櫻子親衛隊。なにかにつけて私を目の敵にしてくる厄介な集団だ。

こういう場合はまともに相手しないほうが賢明である。

「……失礼しました。では私はこれで」

「あ、あんた！　ちょっと待ちなさいよ！」

私は櫻子親衛隊の囲みを突破し、校門の外へと急いで走った。


「……いた、よかった」

学園を出てひたすら走り、私が向かったのはとある市営公園だった。公園内を進みながら、さっきから騒がしいブランコ横の木の前までやってくる。

そこには子どもがふたり。長めの枝を持ち、空に向かって何度もジャンプしている。

空にというか……木の太い枝に引っかかっている一反木綿に、だ。

「あの！」

私は胸に添えた手をぎゅっと握り、意を決して声をかけた。子どもたちはこちらを振り返り、その無垢《むく》な瞳を向けてくる。

「おねえちゃん、誰？」

「この子、助けてくれるの？」

「そ、そう。飛ばされているところを見かけたから……」

声のこわばりを感じながらも答えると、ふたりは顔を見合わせ、それから煌々《こうこう》とした目を私に向けた。

長めの枝を借りて挑戦すること数分。運よく一反木綿の尻尾付近が枝先に絡み、救出に成功した。

「やったー！」

「ありがとう、おねえちゃんっ」

「本当に助かりました。ありがとうございまヒュ〜！」

大はしゃぎの子どもたちと、目尻から安堵《あんど》の涙を流す一反木綿。私は木の枝を地面に置き、スカートについた砂埃をぱたぱたと払う。

「困ったあやかしを助けてくれて、おねえちゃんはスーパーマンだね」

「うん！　昨日テレビでやってた！」

一反木綿からは何度も感謝をされ、子どもふたりからは羨望の眼差しを向けられ、どうしていいかわからず表情が固くなっていく。

「……どういたしまして」

にこり、と笑ったつもりだった。しかし、途端にぴしゃりと凍る空気。

「え」

「ひえっ」

「あ、あの……それでは私はこれで」

精一杯に作った笑顔は恥ずかしくなるほど下手くそで、ふたりの子どもと迷い一反木綿はすごすごと公園を出ていった。

（……無理！　やっぱり顔が変になるっ）

誰かと対面したとき、まず私が危惧するのは呪力が漏れ出ていないかどうかである。

体内を巡る呪力、そして体外に発する呪気に勘づかれ、陰陽師だとバレるわけにはいかない。

呪力の抑制、コントロールに必要なのは心を冷静に保つこと。体の中心に宿る見えない核のような部分から呪力は常にあふれてくる。それをいっさい外に出さないためには、呪力を血液循環のように体内に巡らせ続けなければならない。

普通の人間は呪力を感じることはできないけれど、暴走の結果、超常現象のように周囲に悪影響を及ぼす場合があった。

例えば、スプリンクラーが破裂したり、蛍光灯が割れたり……あやかしの場合は呪気に圧されて気を失ったり、過呼吸になったりと、被害は多岐にわたる。

だから呪力ばかりに気を取られ、結果として私は無愛想になり、相手に不快感を与えてしまっていた。そのせいで、気づけば小中高と友達作りに失敗し、ぼっち生活を極めて孤立状態なのだ。あとはやっぱり、櫻子に対する態度が原因だろうけど。

(だって、仕方ないじゃない。弱いままでいたら泣き虫になる)

弱さは厄介だ。あっという間に心が揺れて、感情があふれてしまう。そうすれば、たちまち呪力がふつふつと湧き出て暴走を起こす。

だからこそ、フリでもハッタリでもいいから、私は自分を偽らなければいけなかった。そうでもしないと、この日々はただの地獄でしかない。

「あやかしから疎まれる血筋のあなたが、あやかしを助けるだなんて。健気で泣けるわ」

「櫻子!?」

バッと振り返ると、そこにはなぜか櫻子が立っていた。

「あなたが陰陽師だって知ったら、あの子どもたちも、助けられた一反木綿も、どんな顔をするのかしら」

「外でその話はしないでっ」

　思わず反抗すると、櫻子はじろりと瞳をこちらに向けた。感情の起伏が感じられない人形のような目にたじろぐ私の様子を見て、ふふっと笑う。

「車で来ているの。美鈴と美玲も一緒よ」

「……それが、なに？」

「乗りなさい。私にこれ以上の無駄口を叩《たた》かせる気？」

　逆らえば、わかるでしょう？

　櫻子は多くを話さないけれど、いつも私をどん底まで貶《おとし》める。

　私を人の形をした愉快な飼い犬だと本気で思っている。

　櫻子は得体がしれず、どこか不気味で異常だ。

　私は、そんな櫻子に逆らえない。呪力の暴走で櫻子に消えない傷を残してしまったがゆえに、この先ずっと櫻子の気が済むまで『犬』と呼ばれ続けるしかないのだ。

「おっそーい！　あんた、いつまで待たせる気なの？」

「櫻子お姉ちゃんが迎えに行ってやったんだからさっさと来なさいよ」

　車に乗り込むと、同乗していた双子の妹たちが揃《そろ》って口を開いた。

　髪を高い位置にふたつ結びをしたほうが美鈴、肩上で綺麗《きれい》に切り揃えたほうが美玲である。

そして次に投げつけられたのは山積みの課題だった。

「これ、月曜日までにやっといて」

「ふたり分、ちゃんと文字は真似して」

「月曜日って……あと二日しかないのに」

私が苦言を漏らした途端、双子の目がぎろりと吊り上がる。

「アタシたちがパーティーで忙しいのは知ってるでしょ」

「せっかく櫻子お姉ちゃんがセッティングしてくれた交流会なのに、あんた、櫻子お姉ちゃんの顔を潰す気？」

学園の親衛隊同様に櫻子を崇拝する双子は、なにかにつけて私に雑用を押しつけてくる。そして来年、人妖学園に入学予定のため、今のうちから高位のあやかしと親交を深める目的で休日になると交流の場に出かけていくのだ。

「ていうか、アタシたちは一年生にもなって番契約を結べていない可哀想な〝お姉ちゃん〟のために、わざわざ仕事を用意してあげてるんだよ？」

「お父さんからも呆《あき》れられて、学園では落ちこぼれ。あんたって取り柄がひとつもないんだもん。雑用ぐらいはちゃんとやってよ」

「………」

妹ふたりになにも反論できないまま、私たちを乗せた車は西ノ宮の家ではなくどこか別の場所に向かっていた。

数分後、車が停まる。外に出るとそこは見覚えのない通りだった。

すでに日は暮れており、街灯のない道を挟んだ先には薄暗い石段がぽつんとあるだけ。その奥は多くの大樹が根を生やし、天高く生い茂っている。

「ここ、どこ?」

「お父様が買い取った西ノ宮の私有地よ。少し前までは禁足地だったようだけど。美鈴と美玲がここで肝試しをするんですって」

そう言った櫻子の視線が双子に向けられる。

「毎年学校の旧校舎でやっていた一年生オリエンテーションのイベントなの」

「でも旧校舎の取り壊しが決まって、ほかにいい場所がないか先生たちが話してたから。だったらここはどうって話になったわけ」

禁足地と言われていたからには、入ってはいけないそれなりの理由があるはず。

例えば異形。現代ではほぼ出現しないけど、廃墟《はいきょ》や立入禁止区域で出たというニュースをたまに見る。

「もしも異形が出たら……」

「心配しなくても、ここに異形はいないわ。すでに国から認可が出て売られていた土地のようだから」

櫻子はあまり興味がない表情で淡々と説明する。

「……それで、どうして私はここに連れてこられたの？」

「来週の月曜日がそのオリエンテーションなの。もう準備はできてるんだけど、引き返す目印をまだ置いていなくて」

「だからあんたに置いてきてもらおうと思ったわけ」

「どうして私が!?」

いきなりのことにあとずさると、双子はむっとして腕を引っ張ってくる。

「こういうときのあんたじゃない。ついでにルートも歩いて見てきて」

「アタシたち、オリエンテーションの実行委員なの。なにか問題があったら困るじゃない」

だとしても、どうして私が行かなければならないのだろう。そう考えたところで、双子の意地悪な笑みを見て理解する。

(また暇つぶしの嫌がらせだ)

私の存在が気に入らないから、私を困らせて優越感に浸りたいのだ。渋ったところで、言われたことを完遂させないと双子は満足しない。

仕方がないと腹をくくり、私は双子から懐中電灯と引き返しの目印である蝋燭《ろうそく》を受け取った。

（……真っ暗）

元・禁足地に入って五分ほど。景色は変わらず林と木々ばかりで、ときおり吹く風と動物の鳴き声が不気味さに拍車をかけていた。

「ひっ⁉」

前方右の林が不自然に揺れ、ぼんやりと人の形をしたシルエットが浮かんだ。叫びそうになったが、目を凝らすと、釣り糸に吊るされたカカシだった。おそらく肝試しのための仕掛けなのだろうけど心臓に悪い。

（早く行って終わらせよう）

そこからも何度か仕掛けに引っかかり、そのたびに胸もとのペンダントを握って心を落ち着かせる。こんな肝試しの仕掛けのせいで呪力が暴走するなんて冗談じゃない。

「……ここ？」

ようやく一番奥と思われる場所までたどり着いた。

初めは気づかなかったが、どうやらここはもともと神社だったようだ。歩き進めると何度か見かけた鳥居や、今目の前にある朽ちた建物がそれを証明している。

「これを置いて、と」

用意されていた長テーブルに蝋燭を置き、あとは引き返すだけと安心しきっていたときだった。

キィ、と近くの小屋の扉がひとりでに開いた。

「え……」

風もないのにゆらゆらと不自然に開閉を繰り返す現象を前に、背筋がゾッと冷えていく。

(心霊現象? それともやっぱり異形? そこを通らないと戻れないのに!)

その小屋は私が来た道の左端に建てられており、帰るためにはその前を通り過ぎなければならなかった。揺れ続ける、あの扉の真横を。

(一気に走ろう。いち、に、さん……!)

深く長い深呼吸をしたあと、覚悟を決めた私は全力でその場から駆け出した。

(そっちは見ない、絶対に見ない……!)

ほぼ目をつむった状態、もう少しで小屋の前を通り過ぎれそう、というところで。

「きゃっ!?」

思いきり脇腹辺りを押された私は、そのまま左に大きく転倒。地面を擦るように転び、体中が激しく打ちつけられた。

「キャハハハ! 今の聞いた?」

双子の笑い声が聞こえて起き上がると、辺りは真っ暗闇だった。どうやら突き飛ばされた拍子に小屋の中に入ってしまったらしい。懐中電灯も落としてしまい、暗くて閉鎖的な空間に動揺を隠せない。

「これ、肝試しのときランダムでやる予定なの。もちろんクッションは敷くけど。びっくりした？」

「あんたっていつも平然としてムカつくから、たまにはギャフンと言わせたかったのよね」

外側でなにやら盛り上がっている様子の双子。しかし私はそれどころじゃない。

「……おね、がい。ここから出して」

どこかかび臭く、冷たい地面。何度叩いてもびくともしない扉。狭くて暗いこの空間が、私には恐怖でしかなかった。

「開けて！」

「は？　うるさ。開けてくださいでしょ」

「……っ」

たまらず私はぎゅっと体を抱きしめる。

「ちょっとはそこで痛い目見ればいいのよ。あんたが西ノ宮に来てからお父さんはなんか変だし、お母さんも『ほかの女の娘が』ってヒステリックになるし」

「あんたがいなければ家は平和だったのに。あんたなんかいなければよかった」

「……そんな、こと」

私が一番よくわかっている。私は陰陽師の末裔だ。そしてこの汚濁にまみれた血は変えられない。生きている限り、絶対に。

(私だっていなくなりたい。ずっと思っている、死んだように生き続けるくらいなら、いっそ……)

しかしそれを考えるたび、胸もとのペンダントを思い出し、本能が働く。

きっと祖父はこうなると予想して、私に渡してくれたのかもしれない。私が生きることを諦めてしまわないように。だけど。

「しばらくその中で大人しくしてれば？」

「気が向いたら開けてあげるから〜」

無情にも双子の声と足音は遠ざかっていく。

もう、なんだか限界だった。ぷつんと頭の奥でなにかが切れた。

「ここから、消えたい」

力なく地面に手をつき、つぶやいた瞬間——こつんと、指に冷たい感触が残った。

私は瞬きをし、それを凝視する。

いったいどこから転がってきたのか、指の先には古びた丸鏡が落ちていた。

(なにこれ……なにかの、花びら？)

鏡の中には白い花びらが舞い散って見えた。ふいに香ってくる梅の匂い。私はその景色に目を奪われ、おそるおそる手を伸ばす。鏡の表面に指先が当たり、ふと違和感に気がついて私は顔をぱっと上げた。

「……？」

ざあざあと後ろから吹き荒れる風が、制服のスカートをはためかせた。

外だ。周辺はゴツゴツとした岩が転がる荒野で、至るところに梅の木が植えられている。

「なに、どういうこと？　ここ、どこ？」

まったく状況が呑み込めず、頭が真っ白になった私は意味もなくあとずさっていた。

数歩下がったところで、とんっと背中がぶつかる。

振り向いた先には、黒い靄《もや》を体から発する巨大な化け物がいた。

「っ⁉」

驚きのあまり悲鳴も出ず、私は化け物と距離を取る。

鈍光を放つ赤いギョロ目が眼球内を不気味に一周し、背を丸めるようにして私の顔を覗《のぞ》き込んでくる。

(なにこれ、なにこれ……絶対にまずい、このままじゃっ)

消えたいと、さっきまでは思っていたのに。気づけば私は助かるために走り出していた。

「ここはどこ!?」

荒野をただひたすらに走る。ちらっと背後を確認すると、裂けた口をより大きく開けた化け物が四足歩行になって私を追いかけていた。

(さっきはぎりぎり二足歩行だったくせにっ)

化け物はどんどんスピードを上げて私に差し迫っていた。どう考えても捕食しようとしている。しかし逃げ回るにも限界があり、私はあっという間に梅の木の下に追い込まれた。

(こんな、よくわからない化け物にやられるなんて私の人生、散々だ)

きつく目を閉じて心の中でそう叫んだ途端、禍々しい気配が消えた。

静寂が辺りを包んでいる。

目を開けると、そこに化け物の姿はなかった。

「あ、あの……?」

いなくなった化け物の代わりに、私の目の前に佇《たたず》んでいたのは鬼面を被った男だった。

「………」

鬼面の男は言葉を発さずに、私をじっと見下ろしている。

見上げるほどの背丈、黒に近い藍色の髪、真っ黒な着流しに白い羽織、特徴的な鬼の面。そしてほんのりと漂うこれは、妖気である。

この人はあやかしで、そして……私を助けてくれた？

「去れ。ここは人間が足を踏み入れる領域ではない」

鬼面の男が冷たく言い放つ。想像していたよりもずっと若い青年の声だ。

「裂け目から迷い込んだのだろうが、ここは異形の巣窟だ。あの鳥居をくぐりすぐに去れ」

鬼面の男が指差す方向には人がふたり並んで通り抜けられそうな大きさの赤鳥居がある。

「去れって言われても……あの、ここはどこですか？　さっきのが異形？」

困惑する私に、鬼面の男は口を閉ざす。顔が見えないので本当のところ口の開閉具合はわからないけれど、とりあえず黙り込んでしまった。

そんな男を見上げたまま動けずにいた私は、ふいに感じた妖気をたどって視線を真上に向ける。

ひっと声をあげそうになった。消えたと思っていたあの化け物――異形が木枝の陰からこちらの様子を静かに窺《うかが》っていたのである。そして、私に勘づかれたことに気づいた異形は、一気に仕留める勢いで木の上から急降下してきた。

「次から次へと」

煩わしそうな声が耳の近くをかすめた。

鬼面の男が私に覆いかぶさるように動いた途端、青紫の炎が辺りに素早く広がった。異形は青紫の炎に焼かれ一瞬で塵《ちり》となり、残った火の粉がぱちぱちと風に流れる。

一連の流れの中にいた私だが、不思議とちっとも熱くはなかった。

（……あ）

視界の端で、青紫の火の粉がスローモーションのように動いて見えた。火の粉はなびいた紐《ひも》に付着し、そこがじわりと燃えていく。

その紐が鬼面を固定する留め具のものだとわかったのは、男の顔から鬼面が外れそうになるのを目撃したからだ。

「……っ」

鬼面の男から動揺する息づかいが聞こえた。同時に、男の顔から鬼面が外れ、湿った土の上を転がった。

留め具の紐が焦げている。さっきの青紫の炎が焼いてしまったんだろう。

あらわになったのは、若い男の顔。黄金にきらめく双眸《そうぼう》と目が合った瞬間、体の芯から震えて、恐ろしく綺麗だと思った。

「っ！」

言葉にならず固まっていると、男は一瞬だけ顔をゆがめた。転がっていた鬼面を素早く拾い、押しつける勢いで顔に乱暴に当てる。

「あ、の」

顔、見られたくなかったのかな。よくわからないけれど、そんな押さえ方をしたら鼻が潰れるんじゃ……。

「あ」

男を目にしながら、小さな吐息が漏れた。それに合わせて目の前にいる男の肩がこわばるような動きをする。

当たり前だ。だってこの人。

「怪我してるっ！」

私は鬼面を押さえる男の右腕に、大きく裂けた傷を発見して悲鳴をあげた。

「とりあえずこれで血をっ」

胸もとでリボン結びをしていたスカーフをほどき、慌てて男の腕に巻きつけようとする。しかし、今も右手で頑なに鬼面を持っているので、なかなかうまく処置ができなかった。

「………」

傷の痛みに耐えているのか、さっきから男はひと言も発しようとはしない。

「もう少し腕を下げてもらってもいいですか。うまく巻けないので」

「……、……は？」

不自然なくらいの間を置き、ようやく男が声を発した。それはひどく動揺が含まれたものだった。

「ちょっと、ちょっと待て。確かに顔を見られたはずだ。瞳の発光が治まっていない状態で……なのにどうして、どうなってるんだ」

男はうろたえ、激しいひとりごとをつぶやく。ここから去れと言われたときとは雰囲気も口調も違っている。

「反応が鈍い人間なのか？　だから作用が遅れてる？　まさか、そういった輩は今までひとりもいなかった」

見ていて情緒不安定というか……やっぱり少し変な人かも。でも異形から助けてくれた人であり、私のせいで怪我をさせてしまった。

「あの、腕を下ろしてもらえませんか。応急処置ですけど、早く傷口を圧迫して止血したほうがいいので」

いまだに自分の世界にいる男に、おそるおそる声をかける。

「傷？　どこに……ああ、この程度なんとも」

男はちらりと自分の腕を一瞥《いちべつ》する。初めて知ったと言わんばかりの態度だ。

「この程度って、ひどい怪我ですけどっ」

「いやそれよりも、今は君だ」

男はそれまで頑固なまでに鬼面で隠していた顔をあっさりとさらした。

また綺麗な顔が、今度はさらに間近に迫る。

「え……」

「君は俺を見て、どう感じる？」

「……はい？」

互いの鼻先が触れてしまうのではという距離に、私はたまらずあとずさった。

「俺を運命の相手だと疑わなかったり、自分のものにしたいと強く望んだりしないか？」

「会ってすぐの人にそんなこと考えるわけないじゃないですか！」

思わず私は声を荒らげていた。

こんなときも心のずっと奥底は、感情に支配されないように、揺るがないように維持し続けている。それでも、意味不明な発言に動揺を隠せなかった。

「気分が変になったりは？」

男はごくりと喉を動かし、鬼気迫るように尋ねてくる。

「気分の話をするなら気持ちが悪いです、あなたが」

「気持ち悪い。……はは」

さすがに正直すぎたかもしれないとすぐに後悔した。でもこの人に気味の悪さを感じたのは本当だ。

（だって、面と向かって『気持ち悪い』って言われたのに、今もなんか嬉《うれ》しそうにしてるんだもの！　変態？　変態なの？）

ここがどこだか把握できていないけど、異形と同様に彼からも逃げたほうがいいんじゃないかと思い始める。

「さっきから、いったいなんなんですか？」

頭の中がぐるぐるとして、恐怖と警戒が入り交じる。キッと威嚇のこもった睨みを向けると、男は驚愕《きょうがく》から一変、みるみると表情をやわらげた。

「夢みたいだ。君のような子に、出会えるなんて」

「え……？」

「やっと出会えた――俺の運命の番」

黄金色の双眸が星のように瞬いて、彼は瞳の奥をいっそう震わせる。微笑んでいるはずなのに、静かに泣いているようだった。

第二話

「どうか名前を教えて」

一度保った距離感がふたたび呆気《あっけ》なく侵された。彼はなぜか感激しながら私の手を取り、きらきらした笑顔を向けてくる。

「いや、あのっ」

「さっきは冷たくあしらってごめん。気味悪くさせてしまったのなら謝るよ。ところで君はどこから来たのかな。人間ということは現《うつ》し世の裂け目に巻き込まれて幽世に迷い込んだのだろうけど、現し世の住まいはどの辺で――」

「幽世？　なら、ここはあやかし界なんですか？」

聞き返すと、男はきょとんと目を瞬かせた。

「……あやかし界、とも言うのかい？　ひとまずここは幽世の、『鬼ノ国《おにのくに》』。東の『梅花領《ばいかりょう》』だよ」

「鬼ノ国って、鬼が統治する国ってことですよね？　東の梅花領……えっと、今あやかし界を管理しているのは黒天狗《くろてんぐ》家だけですよね？　梅花領もずっと昔の地名だし」

現在、あやかし界の全権を担っているのは天狗の一族だけ。鬼と九尾の一族は、主に人間界でそれぞれ社会のトップに君臨している。

「へえ、現し世ではそんなふうに言われているんだ。あまり時代差はないものだと思っていたんだけどな」

なんだろう、なにかが変だ。会話がちょっとずつ噛《か》み合っていない感じがする。

そもそも今は人間界を『現し世』と呼ぶ人は少ないし、教科書に『梅花領』という地名は載っているけど現在は統合されているので違ったはずだ。

その違和に気づき始めた途端、胸の内がざわざわとする。

ここは幽世で、あやかし界で、でも……いったい、どこ……？

「わ、私……」

自分でもびっくりするほどか細い声。同時に、近くから不気味な唸《うな》り声が耳に届いた。

異形だ。わらわらと、地面から這《は》い上がるように出てくる。さっきこの人が倒していたものに似た姿の禍々しい化け物が、まだこんなにもいたのだと驚いた。

「血の匂いに誘われて来たのか。これじゃあ落ち着いて話せないな」

男は面倒くさそうな顔でつぶやくと。

「場所を移動しよう。君もあいつらに喰《く》われたくはないだろ？」

私をひょいと抱え上げた。

「ちょっと、待っ——」

「少し大人しくしていたほうがいい。舌を噛まないように気をつけて」

抵抗するよりも先に、男は私を軽々と持ち上げたまま崖を飛び降りた。

（ここって崖の上だったの!? 高い、怖い、落ちる……っ）

廃神社にいたはずがいつの間にか崖の上に移動していて、居住区では絶対に遭遇しない異形には襲われかけ、危機一髪のところで救ってくれたあやかしはなんだか怪しい人。しかもここは幽世で、あやかし界で――。

（なにがどうなっているの……！）


「到着、いい子だったね」

びゅうびゅうと風を切る感覚が収まる頃、男のささやきが耳をかすめた。

ただ身を固くしていただけで疲労困憊《こんぱい》の私は、その言葉に固くつむっていたまぶたをそうっと開ける。

「え……」

目下には、美しくもどこか妖艶な世界が広がっていた。

はらはらと空からふり散る白い花びらの中に、赤、橙《だいだい》、黄……暖色の彩り豊かな提灯や宙に浮かぶ火の玉に照らされる街景色。がやがやと賑《にぎ》わう広い通りを中心に、二階、三階建ての豪華絢爛《けんらん》な建物が等間隔にどこまでも並んでいる。

ほかにも五重塔に似たものや、それ以上に重なった建造物まである。

ひと昔前の古風で華やかな雰囲気に圧倒されつつも、一番目についたのは……。

「幻楼閣《げんろうかく》……？」

街の奥にそびえ立つのはひときわ巨大な影。鮮やかな紅色が見事な重層の建築物だった。

現代の建築技術に当てはめても理屈の上をいってしまい、どのように造られたのかいまだ解明できていないという、幻の楼閣。人の世では絶対に実現不可能な域にあるそれは、あやかし界の重要文化財に指定されている。

でも、それは黒天狗が管理している幻楼閣だけで、今私の目に映っているのは、教科書や資料でも見たことがないものだ。

あやかし界に点在していた幻楼閣は、陰陽師による大侵攻の際に破壊されてしまったと伝わっている。ほかに残っているなんて聞いたことがない。

黒天狗の幻楼閣は墨のように真っ黒な外観なのが特徴で、あれはどうみても紅色。だったら、私が見ているのは、なに？

「さ、着いた」

言葉を失っている間に連れてこられたのは、あの紅色に染まる幻楼閣（のような建物）の最上階だった。

男は恭しい手つきで私を床に下ろした。

最上階から見下ろした眺めはまさに異世界のようで、ぺたりと腰を抜かしてしまう。

「君――」

「……あなたは、なんなんですか」

鬼面をつけたとても強いあやかし。正直それぐらいしか情報がない。

「ああ、まだ名すら伝えていなかったね」

男は機嫌よくうなずく。顔の鬼面に触れ、そっと外すと、恐ろしく整った顔で深い微笑を浮かべた。

「四季《しき》。天王《てんおう》四季だ」

「天、王……？」

天王。思いのほか馴染《なじ》み深い名字だった。

現代の『あやかし御三家』と呼ばれている鬼・九尾・天狗。天王とはその一角である鬼の家門で、最も高貴な血筋とされる本家の名前だ。私みたいな人間がおいそれと会えるあやかしではない。

「そんな方だとは知らず、天王様に散々無礼をしてしまい申し訳ありませんでした！」

「いやいや、なにしてるの？　畏《かしこ》まらなくていいから。あと〝様〟は禁止」

額を床にこすりつける勢いで……というかほぼ土下座に近い格好の私を、彼はすぐさま諌《いさ》める。

「俺のことは四季と呼んで」

天王家の人を呼び捨てにするなんて無理に決まっている。これ以上無礼を働いたらまずいと思い口を押さえて首を振ると、わかりやすく不服そうにされる。

「仕方ない。今だけは天王さんでいいよ」

今だけ、というのがとても気になったが、これが最低限の譲歩だというのはなんとなく雰囲気で伝わってきた。そして彼は「はい呼んでみて」と、片手をこちらに向ける。

「て、天王さん……」

なんとか言えた。もうほとんど自棄《やけ》だった。

「よくできました。次は君の番、名を教えて？」

「西ノ宮依十羽……です」

「依十羽」

大切に、噛みしめるように、天王さんは私の名前をつぶやいた。

まるで自分の名前じゃないような気がして、落ち着かない心地になる。

「じゃあ、依十ちゃんだ」

「依十ちゃん？」

「君をもっと知るために親しみを込めた名で呼ぼうと思って」

「近い、近いです！」

また距離を縮められそうになったので、私は全力で拒否した。

「……天王さんに、聞きたいのですが」

「うん、なにかな」

「今は何時代……いえ、元号はいつですか？」

半分震えた声で質問する私が、それは必死で真剣に見えたのかもしれない。彼はにこやかな笑みをスッと消し、無情にも現実を教えてくれた。

「明治、だったか。幽世にそういった時代の概念はないから、現し世の話ではあるけど。よく耳にするのはその言葉だよ」

頭をガツンと殴られたような衝撃、ひどいめまいがした。こんな状況笑えないのに、口が不自然に引きつってしょうがない。

（……もしかして私、タイムスリップしてる？）


「つまり君は時を越えてきたというのかい？」

やや驚愕した様子の天王さんが静かな声音で聞き返した。

出会ったばかりの高貴な鬼のあやかし。加えて言動が怪しい人に打ち明けるのはどうかと思ったが、結局私はこの人――天王四季さんにタイムスリップしているかもしれない事実を告げた。こんな状況では彼に頼るほかなかったからだ。

「ま、まだわからないですけど。こんな夢みたいな話を信じてくれるんですか？」

「ああ、信じる」

なぜそこまで簡単に、という疑問を私はぐっと呑み込んだ。本当に時を越えているのだとしたら、今はそれどころじゃない。

「……あの、大正《たいしょう》とか昭和《しょうわ》とか、聞き覚えはないですか？」

「いや、ないかな」

深く考えるまでもなく、天王さんは首を横に振った。

「嘘《うそ》でしょ……」

両手をついてうなだれる私の腕を天王さんが引き上げた。

「床は冷たい。足が冷えてしまうよ」

そんなのはどうでもよかった。現実離れした事態に体はすっかり冷え切ってしまっている。

（ここはあやかし界だと思うけど、タイムスリップしていると決まったわけじゃない）

確定ではなく疑惑の段階だと胸中で言い聞かせた。

「依十ちゃん」

立ちすくんでいる私を静かに見下ろしていた天王さんが口を開いた。

「現し世に、行ってみる？」

「……え」

「そうすれば、依十ちゃんは納得するはずだよ」

すでに現実は変わらないと遠回しに言われているみたいだった。

なんだかそれが無性に癪《しゃく》に触ってしまうのは、私に余裕がないからだ。彼のせいじゃない。

「私を……人間界に連れていってくれるんですか？」

「ああ、もちろん」

彼がどうしてここまで協力してくれ、好意的に接してくれるのか、それを考える余裕は現時点の私にはなかった。

今は早くはっきりさせたい。頭の中はそればかりだった。

天王さんに抱えられ、また私はあの崖の上に来ていた。

男の人にお姫様抱っこをされる羞恥心は、さっきと同様に恐ろしい浮遊感と目の前の大きな問題のおかげでかき消されていた。

「異形がいない……」

「あいつらは妖従《ようじゅう》に任せたからもういないよ」

妖従って、主従契約を結んだあやかしのことだよね。陰陽師で言うところの式神と似た存在だ。

「この鳥居を使おう」

天王さんは赤鳥居の前まで私を案内すると、片手を柱間に伸ばした。なにもない空間に、半透明の波紋が広がる。徐々に赤鳥居の向こう側がにじみ始め、瞬く間に別の景色へと変わっていった。

結論から言ってしまえば、私はタイムスリップしていた。行き交う人も、身にまとう服装も、髪型も、立ち並ぶ建物も。赤鳥居の先はすべてが教科書で描かれる明治の風景そのものだった。

言葉は通じるし、知っている地名もあったけど、やはりそこは別世界。人妖学園の制服ではあまりにも目立ってしまうため、私は早々に幻楼閣に引き返してきたのだった。

「依十ちゃん」

「………」

「依十ちゃん？」

「はいっ」

呼ばれていたことに気づき、私は顔を上げた。鬼面を手に持ち、眉尻を下げた天王さんが気遣わしげにこちらを見ている。

「大丈夫、ではなさそうだね」

「……頭が回らないというか」

タイムスリップの原因を考えるなら、あきらかに廃神社で触れた丸鏡がきっかけだろう。だから幻楼閣に戻る前、丸鏡が落ちていないかと崖の上を探してみたが、それらしい物は見つからなかった。おまけに祖父からもらったロケットペンダントまでなくなっており、すっかり意気消沈していた。

(……だめ。気を、落ち着かせないと)

私にとって強い感情の乱れは毒だ。どんなときも自分を見失ってはいけない。でないと感情の機微に呼応した呪力があふれて抑えられなくなってしまう。

(どうしてこんなときまで、気をつけないといけないんだろう)

思わず体をぎゅっと抱きしめる。

どこにいても、どんな状況でも、呪わしい陰陽師の力が私を閉じ込める。ぎりり、と噛みしめた奥歯が嫌な音を鳴らした。

「依十ちゃん、あのさ」

「はい？　……って、天王さん、また距離が近いですっ」

そこまで言い終え、こちらを窺う心配そうな表情にハッとする。

　ずっと天王さんそっちのけでひとり考え込んでいた私を、彼は文句のひとつもこぼさず見守っていてくれたのだ。

「……ごめんなさい。私、さっきから自分のことばかりでまだあなたにお礼も言えていなかった。異形から助けてくれて、現し世に連れていってくれて、ありがとうございました」

　不審な点がすべて拭えたわけではないけれど、天王さんのおかげで私は現状を確認できた。命の恩人でもあり、情けないことに今頼りにできるのは彼だけだ。

「君の置かれた状況を考えれば取り乱して当然だ。時代を越えて、こんな得体のしれない男もそばにいるわけだから」

　冗談めかした言葉に不思議と肩の力が抜けていくのがわかる。

　どうやらパーソナルスペースが皆無であったのは彼も自覚していたらしい。『得体のしれない男』という文言は正直否定しづらいなと思っていると、天王さんがひと呼吸おいて聞いてくる。

「これから君は、どうしたい？」

「…………」

　どうすればいいんだろう。時を越えた私に行き先なんてないし、帰れる手立ても思い浮かばない。

だからといって帰らないという選択もできない。

現代にいても孤独感は常について回った。消えてしまいたいと一瞬だけ限界も迎えた。しかし時すら越えてしまった今ではそれも桁違いで、どうしようもない寂しさが胸に降り積もっていく。

私はしばらく思案し、ふと声を出した。

「あ……」

ここが明治の世、百年以上前の時代なら、人間界には陰陽師が存在していることになる。悪意あるおこないを繰り返していたという異能集団だが、ここを出て向かうとすれば、陰陽師が多く集っている『陰陽寮』だろう。

陰陽寮とは、帝に侍従していながらも完全独立体制のもと組織された特別機関であり、多くの陰陽師が所属していたとされている。

(……でも、あやかしを退治していたってことは、危険な人たちなんじゃ)

人妖共生が当たり前の時代を生きる身としては、同じ陰陽師の血を引いていたとしても、陰陽師にはいい印象がない。

(あまり気は進まないけど、そうも言っていられないよね)

だけどそれを天王さんに伝えて大丈夫なのだろうか。

彼は鬼の、天王家のあやかし。時代的にあやかしと陰陽師は敵対関係にあるはずだ。

しかもこの時代の天王家ということは、国主の一族。

　昔も、現代でも、天王家は頂点の一角に君臨する家門である。そして古い時代の天王家ともなれば国を治める立場にあり、いわゆる王族や皇族のような身分だ。

　もちろん初めから私が陰陽師であることは伏せて話していたので、彼は私をただの人間だと思っているだろうけど。

　行きたい場所が陰陽寮と話したら、どんな反応をされるか……。

「またなにか難しく考え込んでいるね。ちょっと俺に考えがあるんだけど。行く当てがないなら、ひとまずここで暮らすというのはどうかな」

　予想外の提案に驚いて目を丸くする私に、天王さんは「いや、違うな」と小声を漏らして言い連ねた。

「俺がここにいてほしい」

　ぎゅ、と両手で包み込まれた自分の手を見下ろす。

「あの……ちょっと近いので……離れてもらってもいいですか」

　このやりとり、いったい何回目だろう。

「ああ、まただ。まだ俺も慣れなくて」

「慣れないって、どういうことですか？　天王さんのその感じ、ずっと気になっていました」

すると、天王さんはどこか照れくさそうに私を見つめながら話す。

「依十ちゃんが初めてだったんだ。俺を見て、おかしくならなかった人は」

「おかしくならない？」

「俺には、他者を魅了する固有の力があるんだ」

「魅了する、力……？」

意味がよくわからず、私は少々訝《いぶか》しみながら天王さんを見返す。

「俺の妖気にあてられた者は、皆一様にして魅了されて狂ってしまうんだ。心を奪われ強い執念に支配される。女は劣情と欲望を、男は嫉妬と嫌悪を。奥底で抑制されている本能すべてが剥き出しにされる反動で、言葉どおり〝おかしく〟なる」

そのため普段から妖力を抑え込む抑制具を身に着けているらしい。

妖力が高いゆえに発光しやすく相手を魅了させる瞳は鬼面で隠している。妖力が溜まりやすいという髪は、呪力が宿った結い紐で縛っている。それでも能力が表立って出てしまうときのために遮断効果の術を付与した耳飾りまであった。

「この髪の結びも、妖力を封じる術を混ぜて編み込んでいるんだ。といっても俺自身がかけた術だから効き目はあてにならないけど」

天王さんは背中に垂れた長い三つ編みを前に持ってくると、指で弄びながらかすかに顔をゆがめた。自分の特性が忌まわしいと言わんばかりの目つきである。

彼が素顔をさらすことで、彼の妖気にあてられ気が触れてしまう。そう説明されても、私はピンときていなかった。

「私は、特になにも感じません……」

思わず自分の体を見下ろし確認してしまった。その様子を見た天王さんは柔らかく微笑む。

「たぶん、依十ちゃんが秘めている凄まじい呪力のおかげで、影響を受けずに済んでいるんだ。ここまで呪力が高い陰陽師は見たことがなかったけど」

突拍子もなく言われ、私の頭は真っ白になった。

「ど、どうして知っているんですか⁉」

「ん？」

「わ、私が陰陽師だって、あなたにはひと言も伝えていなかったのに」

絶対にバレてはいけないと必死に隠していた秘密。それがあっさりと見破られていた事実に、驚きを通り越して半ばパニックになった。

知られては終わりなのに。悟られてはいけないのに。まずい、どうしよう……っ。

「依十ちゃん落ち着いて。ごめん、隠していたんだね」

天王さんが肩に触れたことで、狭まっていた私の思考が晴れていく。

ああ、そうだ。ここは現代じゃない。

「どうりで呪力の巡りに違和感があるはずだね」

「呪力の、巡り？」

「妖力、呪力、霊力、魔力。生命に宿るそういった力の性質が俺にはわかる。だから君に呪力が流れていることもわかったんだよ。それと……」

天王さんは私の顔を覗き込むように見つめてくる。

「いや、なんでもない。気のせいだったみたいだ」

天王さんは少し黙り込んだあとでそう言った。

ともあれ、私の呪力があふれ出したせいで見破られたわけではないらしい。それがわかり少しだけ安堵する。

「顔色が悪いね。君の生きる時代では、陰陽師だと知られるのは怯《おび》えるほどいけないこと？」

「それは……」

背中に嫌な汗がにじみ出て、喉の奥がぐっと締まる。時を越える前の出来事、そして西ノ宮家での暗い記憶が頭をよぎったのだ。

「違います、少しびっくりしただけなので。すみません、急に声を出して」

私は天王さんから目をそらす。

会ったばかりのこの人に、私がどんな生活を送ってきたかなんて言わなくていい。

言いたくない。言葉にすれば自分の惨めさを改めて思い知るはめになるだけだ。

「そっか」

天王さんはさして追及せず、話を再開させた。

「そういうわけでね、依十ちゃんみたいな人に生まれて初めて会ったんだ。瞳が発光した状態の俺を見ても特に影響されずに、会話までできている。驚いたよ。ううん、それ以上に……」

どこか遠くを見ていた横顔が、ふっと柔らかくなる。

「本当に、嬉しかった」

美しい黄金の瞳は、言葉のとおり喜びに打ち震えていた。

「ねえ、依十ちゃん」

天王さんが私にぐっと近づいた。

「この時代に迷い込んだ君が困っているなら協力する。そのほか、なんでも揃える。なんでもあげる」

「ちょ、近……」

「だから、君がもとの場所に帰る手立てが見つかるまでは、俺のそばにいて」

提案というより懇願だった。誰かに聞かれたら勘違いされそうなセリフを、この人は真剣な顔をして告げてくる。

そういう意味で言っているわけじゃないことぐらいわかっていた。彼がなにを求めているのか、私はなんとなくだが理解できていたから。

(変なの。会ったばかりの人と、ちょっと似ていると思っちゃうなんて)

誰でもいいからすべてを理解してくれる人。自分の境遇を、自分自身を、受け入れてくれるような稀有《けう》な存在。

それは私がどんなに手を伸ばしても手に入れられないものだった。

「俺を君の居場所にして」

こんな言葉をかけてくれる人は、きっとあの時代にはもういない。それがまさかタイムスリップ先で私を必要としてくれる人が現れるだなんて……。

皮肉な笑みが込み上げそうになるのを抑え、私は静かにうなずいていた。

第三話

あやかし界。またの名を、幽世。人間界と黄泉の狭間に存在するという世界に、あやかしが国を築き暮らしている。

鬼ノ国、九尾国、天狗国。これらの国は、偉大なる『御三妖《ごさんよう》』によって治められていた。

御三妖とは、鬼の天王家、九尾の水無月《みなづき》家、天狗の夜霞《よがすみ》家の総称であり、最上位のあやかし家である。

現在、鬼ノ国は四つの領地に分けられ、天王家のあやかしたちが領主の座についている。

北東・東の『梅花領』領主を、天王家次男が拝命。
南西・西の『桜花《おうか》領』領主を、天王家三男が拝命。
南東・南の『桃花《とうか》領』領主を、天王家長女が拝命。
北西・北の『菊花《きっか》領』領主を、天王家四男が拝命。

そして妖都城郭に座するのは、前君主亡きあと、空白の玉座を前にして次期国主と名高い天王家嫡男である。

＊＊＊

私、西ノ宮依十羽は、人妖共生の現代からタイムスリップしてしまった。

自我のない異形に襲われそうになったところを梅花領の領主、天王四季さんに助けられ、彼の厚意により幻楼閣でお世話になると決めたのだった。

「さっそく楼閣を案内しよう」

熱心な提案を受け入れた途端、天王さんはわかりやすくはしゃいでいた。にこにこと笑みを称えながら私を抱き上げ、それはもう秒速レベルで楼閣内を徘徊《はいかい》し始めたのである。

座敷、広間、大浴場、御茶所、厨房《ちゅうぼう》。いろいろな場所へ連れ回される合間に、楼閣の使用人と思われるあやかしたちが視界の端を流れていく。人型、人外……姿かたちは三者三様だった。

（いや、本気で案内するつもりなの、この人⁉）

横にも縦にも広い楼閣内を自分の足ですべて見回るとなれば、おそらく一日では足りないだろう。

幻楼閣とは、妖術が込められた幻の城。時間経過によって部屋の位置が変わったり、増えたりする場所がある不思議な建物なので、案内してもらえるのは非常に助かる。

とはいえ、ちょっと飛ばしすぎでは？

「天王さん！」

「なに？」

「私を抱えて移動するのはやめてください！」

強い妖力による魅了の力のせいで他者と距離を取っていたという天王さん。そんな彼に魅了されない私。それゆえ、私に対する天王さんの距離感はあきらかにバグっていたのだった。

ひととおりの案内が済んだあと、天王さんはひとりのあやかしを私の世話役として紹介してくれた。

「はじめまして、依十羽様。たくさんお世話させてください。私のことは気軽に風鬼《ふうき》ちゃんって呼んでくださいねっ」

「よろしくお願いします。えっと、風鬼ちゃん？」

「はい、よろしくお願いします。あと私に敬語は不要ですよ？」

「それは追々とで……」

語尾に『♪』やら『♡』がついていそうなテンションで話す風鬼ちゃんは、半鬼面を被っているので顔の上半分が隠れていて口もとだけが見える状態だ。しかし口調や動作だけで明るく元気なあやかしだというのはわかる。

「お夕食前に湯浴みを済ませて綺麗にしちゃいましょう！」

そして私は風鬼ちゃんの勢いに圧倒されながら浴場までやってくる。

梅の花びらが浮いた湯船に浸かり、髪や体を隅々まで磨かれ、また湯船に入れられた。

「百まで数えて体を芯から温めてくださいねぇ。その間に香油を塗り込みますから。これは梅花領で採取された梅の花びらを加工して作ったものでして——」

「あ、あの、風鬼ちゃん。なんだか悪いのでここまでしてもらわなくて大丈夫ですっ」

世話役と聞いて構えていたけれど、こんなに身の回りのことを率先してやってもらうだなんて抵抗感がありすぎる。

「遠慮しないでください。このぐらい当然ですからぁ〜」

しかしこうしてうまく躱《かわ》されるので、結局私はされるがままになっていた。

「風鬼ちゃん。天王さんってどんな人なんですか？」

百数えるまで出られそうにないので時間を有効活用しようと質問する。

今日会ったばかりなので当然だが、彼についてもまだ知らないことだらけだ。

『俺を君の居場所にして』

ぴちょんと水滴が落ちる音に混じって、その言葉が頭の奥で響く。あの懇願するような訴えを前にして、目が逸らせなかった。

「そうですねぇ。四季様はとっても優しい方ですよ。私みたいな半妖にも分け隔てなく接してくださいますから」

「半妖ってことは、人とあやかしの？」

現代ではまず使われない『半妖』という単語。人とあやかしの間に生まれた者の別称だが、昔は侮蔑的な意味合いで使われることが多々あったため、放送禁止用語として扱われている。

基本的に妖力がある者はあやかしのくくりに入ったはずだ。

「この楼閣には、あやかしと人間の世界、どちらからもあぶれた半妖がたくさん暮らしています。だから皆、四季様にすごーく感謝しているんですよぉ」

風鬼ちゃんの弾んだ声を聞いていると、天王さんがいかに慕われているのか、短い会話の中でもある程度は伝わってきた。

（やっぱり、悪い人ではないんだよね……）

その後、一生お目にかかれないような華々しい着物に袖を通された。こんな高そうな着物は使えないと拒んでも、風鬼ちゃんに問答無用で着せられた。

着物は成人式で着るような振り袖にデザインが似ているが、膝下から裾にかけて床につくように広がっていた。十二単の裳《も》のような感じだ。

これでは引きずってしまうと心配していると、裾の下から細い手足が生えた毛玉がひょっこりと現れる。

「それは裾上げのあやかしです〜。着物の裾を住処にしていて、必要なときに裾を持ち上げてくれます」

「なにそのあやかし……」

そして体の色は住処にする着物によって変わるらしい。

現代のあやかし図鑑で勉強した気になっていたが、それは本当に一部分だったのだと思い知らされる。この時代のあやかしは想像以上に多種多様なようだ。

私は裾上げあやかしに「ありがとう」とつぶやく。

どうやら言葉は話せないようで、つぶらな目をぱちぱちと動かしたあと、応えるようにぴょんぴょん跳ねていた。

（……か、可愛い）

こうして頭のてっぺんから爪先まで丁寧に仕上げられる。至れり尽くせりな経験に不慣れな私は、終始戸惑ってばかりだった。

支度後、案内されたのは『梅花の間』という部屋の前。

「四季様、おまたせしました～」

中に声をかけながら風鬼ちゃんは襖《ふすま》を開ける。

「ご苦労さま」

部屋の奥の肘掛窓に腰を下ろした天王さんがこちらを向いた。

しっかり抑制具を取り付けた天王さんは、鬼面の下のわずかに見える口もとを笑わせる。

「急ぎあつらえた着物だったけど、君によく似合ってる」

「あ、ありがとうございます。……ところで、私が花つがいってどういうことですか？」

じつはこの部屋に向かう途中、私の様子を遠目に窺っていたあやかしたちが、ヒソヒソと『あの方が主様の花つがい様か』『ついに花つがい様が……』と言っているのを耳にしていたので気になって仕方がなかった。

ああ、と天王さんは申し訳なさそうにした。

「俺が依十ちゃんに楼閣を案内しているところを見た皆が、そう勘違いをしたらしくてね。一気に話が広まったようなんだ」

どうやら本人があることないこと言いふらしていたというわけではないらしい。

天王さんの破天荒な言動や妙な陽気さで麻痺《まひ》していたけれど、この人は最上位の鬼のあやかしだ。陰陽師の私を花つがいに望むはずがない。図々しいにもほどがある。

粛々と自分の立場を再確認していると、天王さんは顎に手を添えながら言った。

「でも、あながち間違ってはいないというか……」

「え？」

「時期ではないから言わなかったけど、そのうち依十ちゃんに花つがい役を頼みたいとは思っていたんだ」

天王さんは軽く居住まいを正した。

「どういうことですか？」

「あー……君を利用するみたいで気が引けるんだけど、この歳になって番契約を結んでいないことに周りがうるさくてね」

少々複雑そうな口ぶりの天王さんに私は聞き返す。

「周りって、ご両親とかですか？」

「いいや、父は数年前に没したし母はもっと前からいない。小うるさく言ってくるのは、主に弟や妹と分家の一族かな。こんな体質だから難しいのはわかっているはずなのに、早く見せろとしつこくて」

「天王さん、おいくつなんですか？」

「二十三だよ」

私よりは断然大人だが、二十三はもう『この歳』と言える範囲なのだろうか。

とはいえ、現代だとパートナー制度という名目で人妖学園では番契約を推奨されるから、進級して二年生になっても結べていない私は落ちこぼれ同然だった。

「天王家は早い鬼だと赤子のうちから番が選定されるからね。例外がなければ遅くても十代のうちには決まっているんじゃないかな。俺はその例外中の例外なんだけどさ」

飄々《ひょうひょう》とした笑い声のあと、天王さんはため息をついた。

鬼ノ国の頂点に君臨している天王家。その次男である彼の番というのは、わかりやすく例えるなら一国の王子の婚約者と同等の意味がある。

現代でも、鬼・九尾・天狗は最上位の家門と言われているが、国を治める立場にあるこの時代の天王家は別格というか、高貴さの度合いが違ってくるだろう。それなのに、いくら役だとしても私が花つがいだなんて……。

「本気ですか？」

「依十ちゃんが承諾してくれるなら」

「でも私は陰陽師です」

「些末《さまつ》な問題だよ。俺のそばにいて狂わないのがなによりも重要なんだから」

私が陰陽師だという事実はどうでもいいと、あやかしであるこの人がそれを言ってしまうだなんて。度肝を抜かれた。

「安心して。君に嫌われたくはないから、無理強いはしない」

天王さんは鬼面を外し、黄金の眼《まなこ》でこちらを窺う。

瞬間、着物の裾がふわりと床についた。今までいた裾上げあやかしが消えたのだ。

おそらく天王さんの妖力を感じ取り逃げ出したのだろう。

（ちょっと瞳を覗かせたぐらいなのに）

天王さんもそれに気がついたのか、少し寂しそうにした。

「本当に、避けないといけないほど強い魅了なんですね」

「抑制具をつけても妖力を完全に抑え込むことは叶《かな》わない。魅了まではされなくても、秘めた本能を暴いてしまうこの力は単純に嫌がられるんだ」

厄介だよね、と彼は笑う。

「でも、風鬼ちゃんは慕っているみたいでした」

浴場でのやりとりを思い出す。彼女だけじゃなく、幻楼閣のあやかしたちは天王さんに感謝しているのだと。

しかし天王さんは眉を落として首を横に動かした。

「たとえ善人でも、ひどい悪臭を放っているようなやつなら鼻を塞ぎたくなるものさ。加えてそこに毒が含まれていようものなら避けて当然だよ」

「ど、毒だなんて」

「わかりやすく言ってしまうとそういう存在なんだよ、俺は。ただ違うところは、避ける上で不快感や敵意をより相手に植えつけてしまうという点だね」

この幻楼閣のあやかしは天王さんに恩を感じている手前、嫌悪や敵意を抱きにくい代わりに、彼の妖気にあてられると最初に畏怖の念が色濃く出てしまうのだという。

（なんて複雑な力なんだろう）

まだまだ魅了についての理解が乏しかったようだ。つまるところ、感情だけではどうにもならない問題みたい。

思い返せば天王さんと風鬼ちゃんとの間には、必ず一定の不自然な間隔が空けられていた。これ以上近寄っては危ないと、天王さんがしっかり線引きをしているのだ。

「こんな俺に番相手が現れるわけがない。そうと知っての周囲からの催促というわけで、いい性格してるでしょ」

それはつまり、有り体に言うと意地汚い嫌がらせである。

「……腹が立ったりはしないんですか？」

ぱちぱちと瞳を丸くさせたあと、天王さんは笑って答えた。

「どうだろう。彼らに対しては考えたことないな。仕方ないとは思っているけど」

こうやっていつも、避けて、避けられて。この人は、虚しそうに笑っていたのだろうか。私が時を越えず出会っていなかったら、ずっとひとりで。

そう思うと、自然に言葉がこぼれていた。

「わかりました。花つがい役、私がやります」

「え？」

天王さんは目を瞬かせ、肘掛窓から立ち上がりこちらに歩いてくる。

「伝え忘れたけど、俺のきょうだいたちは相当面倒くさいよ？」

「そうだとは思いました。でも、私には衣食住なんでも揃えてくださるのに、その対価がそばにいるだけだなんてやっぱり悪いですから」

「いや、俺にはなによりの対価なんだけどな」

真面目な顔をしてさらっと言われてしまうと反応に困る。

天王さんにとってはそうでも、お世話になる身としては素直にうなずくのも気が引けるのだ。一緒に現代に戻る方法も探してくれるというし。

「役のほかに、私にできることはありますか？」

「んー」

天王さんはなにもない宙を見つめて考える。

（……って、逆に図々しいことを聞いているのかも）

発言を思い改めていると、天王さんはハッと視線を私に寄越した。

「じゃあ、まずその〝天王さん〟はやめようか。今から俺のことは四季と、そう呼んでくれる？」

名案だとばかりの、にっこりとした笑みを前にして、私はたじろいだ。呼び名に関するやりとりは昨晩したばかりだというのに困ってしまう。

「……四季様？」

これでも精一杯頑張ったのに。口にした途端、あからさまにガッカリされた。

「惜しい、違う」

「どうしてそこまで呼び方にこだわるんですか？」

「君こそどうして頑なに呼びたがらないの？」

「お、恐れ多いからです。私の時代でも天王家といえば雲の上の存在ですから」

すっと視線を横に動かす。しかし、すぐにその視界に天王さんが入り込んできた。

「俺がいいって了承しているのに？　依十ちゃん、ほかにも言いたくない理由がありそうな顔をしているね」

「それはっ」

私もだけど、天王さんもどうしてここまでこだわるのだろう。素顔で見つめられてもなんともないが、この状況だと尋問されているような気分になってくる。

「だから、その……」

確かに恐れ多いというのもひとつの理由だ。しかしなにより言いにくいのは、単純に……。

「わ、私……今まで一度も男の人を名前で呼んだことがなくてっ」

白状するつもりはなかったのに結局押し負けてしまった。

口に出すととてもくだらなくて、幼稚な内容に頭を抱えたくなる。恥ずかしすぎて逃げたくなってきた。

「……呼んだことがない、今まで、一度も」

ぽかんとした様子の天王さんは、口もとを手で押さえていた。

（え、引かれている？　というか、わざわざ復唱しなくても）

最初から素直に名前呼びを受け入れていればよかった。本人が希望しているわけだし、私がちょっと折れればこんなに恥ずかしい思いはしなかった。

「〜〜っ、わかりました。四季って呼べばいいんですねっ」

この微妙な空気に耐えられず、私は堂々と声に出す。

それを聞いた四季は、ぱっと表情を明るくさせた。

「君の初めての男になれて光栄だな」

「名前を呼ぶだけでそういう言い方をするのはやめてもらえませんか？」

すかさず真顔になる。いちいち彼のペースに巻き込まれるわけにもいかないので、冷静な態度で返答した。本当にこの人は、たまにぎょっとすることを平然と言うんだから。

しかし四季は楽しそうに笑うだけ。さらに「畏まった敬語もいらないからね」と念を押され、完全に主導権を握られる形で話はついたのだった。

第四話

梅花領の幻楼閣で暮らし始めて数日が経過した。

「まだ夢みたい」

私室として用意された部屋には、四季の部屋と同じように大きな肘掛窓がある。起き上がって朝の光を浴びながら前に立つと、梅の花びらがふわりと視界を横切った。

梅の木々に囲まれ、花びらが艶やかに踊り舞う領都。現実であって、どこか浮世離れした不思議な世界。私はこの景色に、毎朝見惚《みほ》れていた。

「依十羽様、おはようございます！」

「おはよう、風鬼ちゃん」

私が起きる頃、風鬼ちゃんがいつも部屋を訪ねてくる。初対面時とは違い、すっかり敬語を外して話せるようになった。

あやかし界は和装が主流。しかし着物の着付けができない私に代わって風鬼ちゃんが着替えを手伝ってくれるのだ。

「いつもありがとう、風鬼ちゃん。私も早く覚えられるといいんだけど……」

「ゆっくりでいいんですよぉ。それに私、みんなから羨ましがられていますから」

「それって楼閣にいるあやかしたちのこと？　どうして？」

「依十羽様のお世話をしたいあやかしがいっぱいいるんですよっ。四季様の花つがい様だから、みんな気になっているんです」

楼閣内を仕事場とする使用人的あやかしから、領地管理に励む臣下のあやかしまで。幻楼閣にはたくさんのあやかしがいる。

この数日で私はここのあやかしたちから〝花つがい〟として見られている。あくまで四季にうるさく催促してくるきょうだいたちに見せるための〝役〟のはずが、すっかりここでは『花つがい様』になってしまった。

好意的な視線を感じることは多々あるけれど、今までの生活とは違いすぎていまだに慣れないでいる。

私のためにと用意された着物、飾り、小物の数々。四季にとっては私が彼のそばにいられる唯一の人間で、だからこそ大事に扱われているこの空間が嬉しくもあり……。

ときおり夢からハッと醒めるような感覚が襲ってきて、心の忙しなさを感じていた。

支度を終えて梅花の間の襖を開けると、今朝も四季は肘掛窓から領都を眺めていた。

鬼面を装着したままこちらを振り返り、私以外に誰もいないとわかると、それをゆっくり取り外す。

「依十ちゃん、おはよう。よく眠れた？」

「おはよう、四季。おかげさまで」

顔を合わせれば当たり前のようにあるこの挨拶が、まだちょっと照れくさい。

（あ、裾上げちゃんはいるんだった）

ちら、と後ろを振り返って足もとを確認すると、毎度のことながらすでに姿を消していた。

「さ、食べようか」

「うん、いただきます」

部屋の中心に置かれたふたつの御膳の前にそれぞれ腰を下ろす。

一緒に食事をとりたい。これも四季の希望だった。

この時代のあやかしも、食べ物は基本的に人間と変わらないらしい。もちろんなかに宿っていたり、取り憑《つ》いたりする類のあやかしは糧になるものが違ってくるのだろうけど。

主食の白米、お吸い物、主菜のだし巻き卵と焼き魚、副菜には煮物や、香の物がある。どれも幻楼閣の料理人が腕によりをかけて作ってくれた品々だ。

「依十ちゃん、おいしい？」

「……うん、どれも本当においしい」

うなずけば、四季はふと目を細める。

「そうだね、おいしいね」

何気ない食事の会話に、四季はいつも満足げに浸る。誰かと一緒にする食事が新鮮で楽しいのだと初日に話していた。

（私も、おじいちゃんがいなくなってから誰かとご飯を食べることはなかったな。……それにしても、四季は相変わらず顔の破壊力がすごい）

私はかぶと蕗《ふき》の薹《とう》のお吸い物に口をつけつつ、四季を見て感慨にふける。

こうして冷静な状態になって前にすると、魅了する力を抜きにしても四季は他者に影響を与えまくりな容姿をしている。

率直に、顔がいい。俗に言うイケメン、美形なのだと思う。そして宝石のような輝きを秘める黄金の双眸も、彼の端正さに拍車をかけていた。

（現代も、この時代も。あやかしって容姿端麗な人が多いのはどうしてだろう。特に上位のあやかし家だと特別感が段違いというか）

他者を圧倒し、視覚的にも自然と魅せられてしまう妖しい力と色香。要するにこの風貌すらひとつの要因、高い妖力たらしめる。だとすれば、四季はそれが別格なのだろうか。

（妖力が高ければ高いほどあやかしの格は上がると言うけれど、それで生活に支障が出ているんだから複雑だよね）

四季の魅了にかかると、女の人の場合は激しく欲情し、劣情的な視線を向けてくることが多いのだという。それはきっと想像よりもずっとストレスなはずだ。

「依十ちゃん、ぼうっとしてどうかした？　俺の桃、食べたいならあげるよ」

今朝は食後のデザートに桃がついていた。考えごとをしていただけなのに物欲しそうな顔をしていると勘違いされたのか、四季はガラス製の輪花皿を差し出してくる。

「自分のだけで十分だよ。それは四季が食べて」

「遠慮しなくてもいいのに」

「そうやって毎回食べさせようとしてくるのはどうしてなの？」

「だって依十ちゃん、甘味大好きだよね」

それに疑問符はなく完全に断言した口ぶりだった。

「どうしてわかったの？」

「そりゃいつも大事そうに食べているから。よく空の器を見つめてしょぼしょぼしてるし」

そう言われ、声にならない叫びが私の喉もとまで這い上がってきて、皿を落としそうになってしまった。

恥ずかしい、最悪だ。そんなふうに観察されていただなんて。それに、しょぼしょぼってどんな顔だ。ただあやかし界の果物がびっくりするほどみずみずしくて、食べたあと余韻に浸っていただけである。

「そうだ、今度からもう少し量を多めにしてもらおう」

「今のままで十分です。じゃないとあっという間に太ります」

「わかった、ごめん。そんなに拗《す》ねないで」

「拗ねっ!?」

これが最近の日常風景で、私は調子を狂わされそうになってばかりだ。現代ではあえて強気な態度をとって生意気だとは言われていたけれど、こんなふうに指摘されることはなかったから変に顔がこわばってしまう。

(今のは絶対にからかわれた気がする)

四季のそばにいると、私が抱いていた最高位のあやかしのイメージが塗り替えられていく。

天王家のあやかしとの生活はどうなることかと思ったけれど、拍子抜けするぐらい日々穏やかだ。現代にいた頃よりも、ずっと。

日中、四季は領主の仕事をしている。報告書の確認、配下への指示出し、領内の視察。おまけに異形討伐もおこなっているので大忙しだ。一方で……。

「どうしよう」

私は私室の肘掛窓にだらりと体を預け、暇を持て余していた。

もとの時代に帰るための手がかり。あの丸鏡探しが今の私の最善なのだが、四季に協力してもらい何度か崖上を探索してもやはり見つけられず、時間を無駄にして終わっただけだった。

（ペンダントも見つからないし……）

なにもない首筋に手を添えるとため息がこぼれる。

廃神社で落としてしまったのか、それともこの時代にあるのか。もしあるならどこを探せばいいのか、出口のない迷路をずっとぐるぐるさまよっている気分だ。

「ちょっと外の空気でも吸おうかな……」

出歩く許可は四季からもらっている。

まるで生きた居城のように部屋が増えたり移動したりする幻楼閣だが、私が行きたいところには最短距離で連れていってくれた。自分で移動するのに〝連れていってくれる〟というのもおかしな話だけれど、言葉のとおりなのである。

（しかもわかりやすい道案内つき）

部屋を出ると待っていましたと言わんばかりに、淡光が灯る『送り提灯』がぴょんぴょん飛び跳ねた。

私は送り提灯の後ろをついて歩きながら、庭園を思い浮かべて近くの階段を降りていく。すると、私室は都全体が見渡せるぐらい上階にあるのに、早くも庭園に出る渡り廊下にたどり着いた。幻楼閣が私の思考を読み取り、ここまで連れてきてくれたのだ。

（妖術って、なんでもありなの？）

ここがあやかし界で、人間界よりも非現実離れしているからだろうか。現代で見聞きしていた妖術よりも幅が広くてたびたび驚かされる。

数歩前を跳ねていた送り提灯は、陽の光が苦手らしく柱の影に隠れていた。

「案内ありがとう。少し歩いてくるね」

そう言うと、送り提灯は鳴き声のような音を出して見送ってくれた。

手入れが行き届いた庭園には、さすが領名が梅花領というだけあって多くの種類の梅の木が並んでいる。私は飛び石の上を歩き、垂れ梅の小路の中へと入った。

（教科書では知っていたけど、鬼ノ国って本当に常春なんだ）

あやかし界に決まった周期で巡る季節はない。その土地に住まうあやかしや、異形の影響、土地神の加護に左右され、ころころと季節が変わる場所などはあるが。

一方、鬼ノ国は常時〝春〟に近い気候をしている。日差しが強くて暑かったり北風が吹いて冷えたりする日もあるが、すべて春の気候の範囲内だった。

九尾国が夏の気候で、天狗国が秋の気候。そして冬は、それぞれの国に数年に一度の頻度で妖精が連れてくるらしい。

「いー、ろー、はー、にー」

ふと、どこからか幼い声が聞こえてきた。

「ほー、へー、とー……ぬ？」

うーんと唸った様子の声を頼りに、私は垂れ梅の枝をそっとかき分けながら前に進んでいく。視界がぱっと開けると、芝生の広場のような場所に行き着いた。

「いろはにほへと……る、お？」

声の出どころに目を向ける。

芝の上に寝転がる子どもの姿。両足をパタパタと上下に動かし、なにやら石の板に向かってペンのようなものを走らせている。

熱中しているのか私がいることにも気づいていない。ときおりふわりと揺れているのは、子どものお尻の上辺りから生える丸くて長い尻尾だった。

「いろはにほへと……むー」

「ちりぬるを？」

「！」

思わず声をかけてしまった。その瞬間、大きな瞳をこれでもかと見開いて、その子は飛び上がった。

頭に丸みを帯びたふたつの耳を生やす子ども——狸《たぬき》のあやかしは、勢い余って後ろに倒れ、そのまま尻もちをついてしまう。

「大丈夫!?　ごめんね、驚かせるつもりはなかったの」

「………」

狸耳のあやかしの子どもは、ぽかんと口を開けている。

「怪我はしてない？」

「……はい」

こくこくと何回もうなずきながら、その子は石盤を私のほうに向けた。

「あの、これおしえてください、はなつがいさま」

「え」

まさかのお願いに、体がぴしりと固まった。

「いろはにほへと、ちりぬるを。できた！　はなつがいさまっ」

狸のあやかし、豆太《まめた》くんがきらきらした眼差しで石盤を見せてくる。

「うん、合ってる。豆太くんは字が上手だね」

古文や現代文、主にあやかし界で浸透していた旧現代文の授業を人並みに頑張っていてよかったと心底思う。

「へへ、それほどでも」

嬉しそうに尻尾を揺らす豆太くん。上手に笑えないこともあり、子どもにあまり好かれるタイプじゃなかった私だけど、豆太くんは会って数分で懐いてくれた。

半妖の豆太くんは幻楼閣の庭園にある離れに住んでいて、ほかにもたくさんの半妖の子どもがそこで生活している。皆、半妖だという理由で親や一族から見捨てられてしまった子たちだ。

四季から話だけ聞かされていたが、こうして対面するのは今日が初めてだった。

「はなつがいさま、つづきもおしえてください」

「ええと……」

半妖の子どもたちは日々、文字や行儀を離れで学んでいる。いずれ人間界に渡り、化けて人の営みに溶け込んだり、さらには商人になって国外に出たりすることも視野に入れてひととおりの教養を頭に叩き込むのだそうだ。

とはいえ厳しくしつけられるような環境ではなく、半妖の子どもたちがのびのび育っていける配慮がされていた。

(ふふ、可愛い)

ふわふわした愛らしい尻尾を眺めていると、不思議と懐かしい気持ちになってくる。おかしいな、狸のあやかしとの接点なんて生まれてこの方ないのに。

(……あれ?)

本当になかったのか、とすぐさま自問に陥る。思い出せそうで思い出せない、喉に魚の小骨が刺さったような違和感があった。

「はなつがいさま、だいじょうぶ？」

「え？」

「つかれたの？　おれ、うるさかった？」

豆太くんは耳をしゅんとさせていた。それほど私が険しい顔でもしていたのだろうか。

「疲れてないよ、大丈夫だよ」

「ほんとう？」

「う、うん」

にこりと自然な笑顔を作ったつもりなのだが、豆太くんの心配そうな表情は消えてくれない。

（自然に笑おうとすると、どうしてもこわばっちゃう……）

そのとき、がさがさと近くの茂みが揺れる。

「豆太、ここにいた！」

「もう。さがしたんだからー」

「あ、かくれてもじかいてる～」

現れたのは人型、人外、さまざまな種族のあやかしの子どもたちだ。

「もしかして、はなつがいさま？」

「あるじさまのはなつがいさまだー！」

子どもたちはきらきらと目を輝かせて私のもとに近寄ってきた。

「豆太、はなつがいさまにいろはをおしえてもらっていたの？」

「はなつがいさま、はじめまして！」

「は、はじめまして」

ほかの子たちも当たり前のように私を『花つがい様』と呼び、豆太くん同様にすぐ懐いてくれたのだった。

「随分子どもたちに気に入られたね。また来ないのかと、ずっと教育係に聞いているそうだよ」

ひょんなことからあやかしの子どもたちと交流を深めた日の晩、四季との食事の席でさっそくその話になった。

「よかった。ちゃんと教えられたか不安だったの。こんなに懐かれるとは思わなかったけど」

昼間の賑やかな様子を振り返り、なんとなく私は視線を下げていた。その些細な動作を、四季は見逃さなかった。

「子どもは苦手？　顔が少しこわばってる」

「苦手といえば、確かにそうだったんだけどね。今日は単純に楽しかった、と思う。いつもなら私のほうが引かれているからすごく新鮮で」

「引かれるって？」

「私、うまく笑えないから。表情が乏しい人って、怖いと感じる子が多いでしょ？」

四季はなんとなく察した顔で私を見つめ返した。

「それは、君が血筋を隠し続けてきた弊害？」

「……やっぱり、気づいてたの」

初日に少しだけ触れられて以降、私の話したがらない空気を感じ取ったのか、四季から現代の話を深く尋ねられることはなかった。

「ずっと陰陽師だって隠して生きてきた。隠さないと生きていけなかったから。お母さんが早くに亡くなって、同じ陰陽師の血筋だったおじいちゃんが私を育ててくれていたんだけど、そのおじいちゃんも病気で亡くなったの」

「その後、依十ちゃんはひとりで？」

「……ひとり、ではなかったかな。顔も知らなかった父が私を引き取ってくれて、それからは……」

膝に乗せた両手を、無意識のうちに強く握りしめていた。話そうとすればするほど、なぜか喉が狭まってしまう。

「ううん。ひとりだった、かも」

やっとの思いで絞り出した声があまりにも情けなくて、四季の顔を見るのさえ気まずかった。かけてほしい言葉があるわけでもなく、たんに口からぽろっと出た気持ちだったから。

数秒の間のあと、四季は柔らかな声音で言う。

「ここには、俺がいるよ」

大げさな慰めとは違う、ただありのままの現実を述べる四季の声が、私にはとても響いた。

「うん、そうだね。ありがとう」

「だからもっと、自分の家だと思ってくつろいでくれていいんだよ」

沈滞した空気を払拭するように、四季はにっこりと笑って片手を前に持ってくる。

「……その手のお皿は?」

「今夜の甘味は、スモモだ。甘くて、おいしいよ」

「また食べさせようとしてくるんだから」

ずいと皿を差し出す四季の姿に、自然と顔がほころんでいた。思えばこのときが久しぶりに、心の底から少しだけ笑えた日だった。

新しい日々にほだされていく。確実に、ここでの生活が私は好きになっている。

彼と繰り広げる何気ないかけ合いだって最初こそ慣れなかったけれど、楽しく感じることのほうが多くなった。

その状況にじわじわ焦りを感じてしまうのは、いつかここを去る日が来ると知っているからだろうか。

でも、ほかにもっとなにか、異なるものが胸を騒がしく渦巻いている気がした。

翌日、改めてもとの時代に帰る手がかりを考えていた私は、はたと気づいた。

「そうだ、人間界のほうならなにかわかるかも」

現代の元・禁足地内にあった廃神社。かなり年季の入った雰囲気だったので、もしかするとこの時代にはすでに建てられていた神社なのかもしれない。ほかにこれといった手がかりもないので、行ってみる価値はある。

「わかるかもって、なにが？」

「わ!?」

突然聞こえてきた声に振り向けば、そこには首をかしげた鬼面姿の四季が立っていた。

「用事があって声をかけていたんだけど、返事がなかったから開けちゃった」

「ちょっと考え事を……あ、用事ってどうしたの？」

聞けば、四季の声音はほんの少しだけ固くなった。

「たった今、領辺境で異形が出現したと通達があったんだ。少し厄介な異形でね、急ぎ対処する必要があるから、夕餉《ゆうげ》は俺抜きで食べるんだよと伝えたくて……と、呼ばれてる」

廊下のほうがばたばたと騒がしくなる。四季のほかにも配下の何人かが討伐に向かうようで、そのうちのひとりが四季を呼びに来たのだ。

「あ、あの、四季。気をつけて、いってらっしゃい」

こういうときにどう声をかけていいか迷ってしまい、私は数秒考えた末に簡素な見送りの言葉を告げた。

「うん、行ってきます。いいね、この感じ。これから討伐前は依十ちゃんに見送ってもらおうかな。なんかいつもより元気が出るから」

そんな軽口を残し、四季は足早にいなくなる。顔は見えないけれど嬉しそうにしているのは声からわかった。

「楼閣の中も、慌ただしいような」

あんな口ぶりだったが、急を要する事態のようだ。人間界に手がかりがあるかもしれないという話は、事態が落ち着いてから改めてしよう。

(異形は夕方から深夜にかけて出没しやすいっていうけど、こんなふうに真っ昼間に

出るときもあるし……休む暇もなさそう）

実際問題、四季はしっかり休めているのだろうか。出会ってからまだ日の浅い私が考えてしまうのだから、いずれにしても仕事量は相当のはずだ。

「それが、ぜんっぜん休息を取られていなくて～！」

「やっぱり……」

その日の晩、私は梅花の間でひとり夕食をとっていた。

ふと気になり、座って話し相手になってくれていた風鬼ちゃんに『四季はちゃんと休んでいるの？』と聞いたのだが、返ってきたのはたった今言われた言葉である。

私の世話役兼、四季の側近でもある風鬼ちゃんが言うのだから本当に休めていないのだろう。

「配下の誰が言ってもなかなか休もうとされないので困っていたところなんです。でも、依十羽様だったらどうにかできるかもですよね!?」

「えっと、どうすれば？」

「そうですねぇ」

風鬼ちゃんは悩ましげに腕を組み直す。

「可愛らしくおねだりなどしてみてはどうでしょうか。依十羽様のお言葉にならら聞く耳を持ってくれるはずですし。『四季様、どうかお休みになって』とかなんとか言って甘えていただければさすがに四季様も――」

「それはかなりハードルが高い気がする」

「はーどる？」

小首をかしげる風鬼ちゃんを見て、私は言い直す。

「私にはちょっと難しいかなって」

「う〜ん、そうですかねぇ」

「……ところで異形の出現はこんなに頻繁にあるものなの？」

尋ねると、風鬼ちゃんはこくりとうなずいた。

「異形は近頃、異常ってくらい増加傾向にあります。幽世全体が負の引力に傾いているのが主な原因なんです」

「負の引力？」

「感情、思念、言霊《ことだま》、思い出。そういったものに淀《よど》みや汚れ、邪気、悪意が混ざることで負になる。この負が厄介で、異形を生む力があるんですっ」

たくさんの負の感情を取り込んだ悪妖や霊魂が異形に変貌するという話は知っていたけれど、負の引力というのは初めて聞く話だった。

現代でも異形の存在は確認されていたが、ごく少数で年に数回ニュースになる程度だった。出現場所も国内の廃墟や禁足地と決まっていたし、普通に生活しているだけならまず遭遇しない怪物なのである。

「梅花領は、東・北東。鬼門に位置している関係で負の引力の影響をかなり受けやすくてですねぇ。近頃は現し世で生まれた異形が裂け目を通ってやってくる始末です」

「……いろいろと大変なんだね」

そんな言葉しか出てこないのが我ながら情けない。けれど風鬼ちゃんはぱっと声を明るくして続けた。

「でもでも、依十羽様がお越しになってから四季様は満たされた日々を過ごせています！　依十羽様が対等な存在としていてくださるおかげで、四季様の心身が安らげているんです。だから私も、楼閣のみんなもいつも感謝していますっ」

「私も四季には命を助けられて、その上ここに置いてもらえて本当に感謝してるよ。受け入れてくれたこの楼閣のあやかしたちにも」

お互い感謝を伝え合っているのがなんだかおかしくて、顔を見合わせればふふっと笑みがこぼれた。

その夜。ふと目が醒めたのは、就寝後しばらく経ってからだった。私はむくりと布団から体を起こし、文机に置かれた時計を確認する。

「壱の刻……」

ということは、今は午前一時頃。真夜中だ。

外に目を向けると、眩《まぶ》しい満月が浮かんでいる。

「え……?」

突然景色が阻まれ、私の体を巨大な影が覆った。そして、肘掛窓の外側から部屋の中を覗き込むように現れたのは、人狼《じんろう》のような姿の二足歩行をしたなにかだった。

ぞくりと背筋に緊張が走る。

禍々しい気配を放ったそれは、見るからに異形だった。喉を反らしクンクンと鼻をひくつかせ、血走った獣の眼光が私を捉える。

「どう、して」

逃げなくてはいけないのに、あまりの迫力に腰が抜ける。

異形は鴨居《かもい》にのっそりと手をかけ、こちらに狙いを定めた。毛深い体が敷居を跨《また》ぎ、爪の伸び切った足が畳に着こうというところで——。

「邪魔」

ほんの数秒の出来事だった。冷ややかな声がしたあと、異形は一瞬にして吹き飛んでいた。

轟々《ごうごう》と燃え上がる青紫の炎。熱風が部屋中を駆け巡り、あの巨体を屋外へ吹き飛ばしたのである。

「……四季？」

静まり返った室内に、ゆらりと佇んだ影に声をかけた。

「ただいま、依十ちゃん」

無表情に思えた四季の顔に、ふわりと笑みが浮かぶ。

「あ……おかえり。助けてくれてありがとう。えっと、四季は大丈夫だった？　今もだけど、異形を退治しに行ったんでしょ？」

さっきは腰が抜けてまったく動けなかったのに、それも忘れて私は機敏に立ち上がっていた。目の前にいる四季の様子が、どことなくおかしく感じたからだ。

「依十ちゃん、あのさ」

「ん？」

「いや、なんでもない」

「え……どうしたの？　具合、悪そうだよ？」

呼吸が荒く、顔色も悪い。それにひどい汗だ。なんでもないという状態ではない。

思わず背中に手を添えようとすると、黄金の瞳が憂いを帯び、それからハッとした様子で私から距離を取った。

「怪我は、していない。大丈夫だから。また明日、話そう」

「四季、待っ——」

途切れ途切れのセリフを残して四季は部屋を出ていく。去り際の背中からは『近寄るな』という訴えがひしひしと伝わってきた。

私はその場で立ち尽くし、ただ呆然《ぼうぜん》とするしかなかった。いつもの四季とはまったく違う、拒絶に似た態度に困惑する。

(今の四季、瞳が強く発光していた)

それは初めて目にしたときとは比べ物にならない、強力な輝き。近づくと肌が粟立《あわだ》ち、ピリついた。

そう、あれは……凄まじい妖力の乱れだ。

「四季！」

その瞬間、私は突き動かされるように襖を開け放った。

ほぼ真っ暗闇の視界。すでに四季の姿はどこにもいない。

普段廊下に灯っている鬼火も、部屋の前で待機している送り提灯もおらず、真夜中ということを差し引いても辺りはやけに静かだった。

(なんとなく感じる、この張り詰めた妖気。こっちだ)

私は寝巻きのまま、急いで部屋を飛び出した。そして四季の妖気に吸い寄せられるようにして到着したのは、彼の私室でもある梅花の間だった。

「四季、いる？」

返事はないが中からは身じろぐような物音がした。私は悩んだ末、襖に手をかけ部屋の中に入った。

（……いた）

四季は壁に背中を向け沿うように腰を下ろし、手に持った鬼面で顔をぎゅっと押さえつけていた。

「……依十ちゃん？」

気配を読み取った四季は、うつむいたまま私の名前を呼んだ。

「勝手に入ってごめんなさい。四季の妖力が、乱れていたから」

「うん、だから俺に近づかないほうがいい」

「え？」

今度ははっきりと口に出された拒絶に、私は困惑した。

四季は気だるそうに口を開く。

「異形を葬るのに時間をかけすぎたせいで、箍《たが》が外れそうなんだ。体の奥が焼けるように熱い。抑制具も使い物にならない。周りが影響されないよう最低限の妖力を抑え込むのだけで、今は精一杯。こんな情けない状態、君に見せられない」

四季は鬼面を持つ手に力を込めた。みし、と嫌な音が聞こえてきて、私は慌てて止めに入る。

「そんなに強く押しつけたら、顔が潰れる！」

「潰れて収まるくらいなら、いくらでもそうする」

「四季……っ」

だめだ、聞く耳を持ってくれない。というより、妖力の暴走に気を取られていて、余裕をなくしているのだ。魅了の力に影響されない私すらも遠ざけてしまうくらいに、気持ちが奥底まで落ちているのだろう。

それをすぐさま察せたのは、似たような苦い経験が私にもあるからだ。

(わかるよ、四季。なにもかも嫌になっちゃうよね。どうして自分がって苛立って、それでも抑え込まないといけないから、耐えるしかなくて)

妖力と呪力。そこにどれほどの違いがあるのか知らないが、自分の体に巡る力を無理やり抑え込む行為は、呼吸を止め続ける感覚に近いものがある。

でも、ただ近いというだけで、その苦痛を簡単に言い表すことはできない。

苦しくて、吐き気がして、頭がぼうっとして、体が引き裂かれそうで。そのうち自分で自分を、ひどく忌み嫌ってしまう。

(四季も、そうなの？)

顔を合わせるたび、この人はいつも楽しそうだと安易な印象ばかり抱いていたけれど。あの飄々とした態度の裏に、誰にも見せない弱さを隠していたのだ。

（そうじゃないと、あんなこと言えない）

ここで暮らすことを提案してくれた日の、『俺を君の居場所にして』と言ったときの様子が脳裏をよぎる。

少し考えればわかったことなのに、まだ向き合う準備ができていなかった。その場その場で折り合いをつけて、肝心なところで不誠実のままだった。

それならもう、私が今、四季にかけるべき言葉は決まっている。

「……私は、ここにいるよ」

両手でそっと四季の手を包み込む。いつもは彼のほうが容赦なく距離を縮めてくるのに、このときばかりは立場が真逆になっていた。

四季からは、息を呑む気配がした。

私は一度彼の手を離し、頑固に貼り付けている鬼面に触れる。そっと引き剥がすと、案外呆気なく鬼面は顔から外れた。

呆けたような、力が抜けたような。とにかくいろんな感情がない交ぜになった四季の瞳を、じっと見つめ返す。とても綺麗な、黄金色だ。

そして額の右側には、先ほどは見逃していたが角が生えていた。

瞬間、独特な圧が風のように体を吹き抜け、四季の表情がこわばる。

（なにも、変わらない）

ひどく怯えた様相に胸が締めつけられそうになるけれど、やっぱり私は四季が言っていたような状態に陥ることはなかった。

「四季、ほら大丈夫だよ。私はおかしくならない。四季のそばにいられるよ」

自分の言葉なのに、どこかたどたどしさが否めない。真剣に思いを伝えるのって、こんなにも難しいんだ。

大丈夫なのだと伝えたくてもう一度その手に触れると、指先を通じて四季の妖力が伝わってくる。

「……あれ？」

「……これは」

突如、異変が起こる。私と四季は、どちらもそれを感じて顔を見合わせた。

具体的になにかをしたわけではなく、少しだけ指先に力を込めただけだった。たったそれだけ。にもかかわらず、四季の乱れた妖力は確かに落ち着きを取り戻していた。

＊＊＊

君に初めて出会ったあの晩、奇跡を感じた。

夢にも思わなかった存在に目の奥が熱くなり、君の姿がひどく眩しく見えた。

そして君との何気ない日々に幸せを噛みしめていた矢先、俺――天王四季は、久しぶりに激しい妖力の暴走に陥った。

「主様、どうし……ひっ！」

討伐の後始末をしていた配下たちが、俺を見て悲鳴をあげた。

ガクガクと震え、膝をつき、恐れに支配された苦悶《くもん》の表情。感情だけではどうしようもない本能の部分が、配下たちを動けなくさせている。

ここでひと目でも素顔を見せれば、たちまち彼らは狂い、壊れてしまうのだろう。

（ああ、それはだめだ。すぐに離れないと）

「申し、申し訳……ございません、主様」

「私どもが、不甲斐《ふがい》ないばかりに」

お前たちが悪いわけじゃない。これもすべては自分の妖力すらろくに操れない、自分の落ち度なのだから。

「謝るのは、俺のほうだ」

俺は配下を残しその場を離れた。このままでは彼らも思うように動けない。

なによりとめどなくあふれる妖力を抑え込むのに、ありったけの抑制具を早く引っ張り出す必要がある。暴走を止めたとしても、普段どおりに戻るまでは最低でも三日はかるはずだ。

一瞬、依十ちゃんのことを思い出した。

俺の体質に唯一影響されない女の子。だけど、額に角まで出してしまっているこの状態の自分を絶対に見せたくはなかった。

鬼の角には妖力が蓄積されるとともに、心臓と同等の価値がある神聖な部位のため公にさらすのはご法度である。普段は妖力を抑制することでなんとか隠せているが、暴走すると呆気なく出てきてしまうのだ。

そんな情けない俺を、依十ちゃんには見られたくない。それは俺のくだらない矜《きょう》持《じ》だった。

しかしその夜、俺は二度目の奇跡に遭遇した。

遠ざけたはずの彼女が俺の部屋にやってきて指先が触れ合った瞬間、俺の妖力は依十ちゃんの呪力と反発し、結果として調和が生まれたのである。

いわゆる反発的調和なのか、自分の妖力を鎮める感覚を俺は少しずつわかるようになっていたのだった。

あれから数日、俺は領主として視察に出向いていた。

「依十羽様が滞在されてしばらく経ちましたけど、騒動の件も含めて子どもたちも使用人も、依十羽様にとても好意的ですねぇ。あ、もちろん私もですよ」

俺の側近、風鬼の言葉にふと依十ちゃんの顔が思い浮かぶ。

「早く終わらせて会いたい」

ぼそっとつぶやくと、半鬼面で顔の上半分を隠している風鬼は、唯一見える口もとをぽかんと開けていた。

「あの四季様からそんなお言葉が出るだなんて！　本当に依十羽様の影響は凄まじいですねぇ～。夢中になられるお気持ちはお察しします。なにせ四季様の妖力暴走を唯一落ち着かせたお方ですからっ」

そう口にする風鬼の声はいつも以上に明るい。風鬼だけではなく、俺を慕う楼閣のあやかしたちも光明が差したと感じているのだろう。

「それにしても、あの不思議な西洋のお着物といい、いったいどこで見つけ出したお方なんでしょうねぇ」

しみじみと言った風鬼に、俺はなにも答えず視察中の我が領地に視線を投げた。

依十ちゃん——西ノ宮依十羽は、時代を越えて現れた陰陽師の末裔である。現し世に多くいる陰陽師たちだが、依十ちゃんの時代では滅び、血が途絶えてしまったらしい。

そして自分が陰陽師であることをひた隠して生きてきたという彼女は、つい先日、

『ひとりだった』と珍しく本音をこぼした。

依十ちゃんは一見するといたって普通の人間の少女だ。しかし、いつも自分の感情の乱れを極端に恐れていた。もともと意識的におこなっていたことなのだろうが、無意識下でも徹底的にそれを抑え込んでいるのである。

そんな彼女が、あの夜、呪力の片鱗《へんりん》を表に出した。おそらく知らず知らずのうちに、俺の掌握不可能だった妖気につられてしまったのだろう。そして依十ちゃんは、自分の呪力をもってして妖力と調和させてくれたのだ。


視察を終え帰ってくると、勤務時間外の女中らの雑談が耳に届いた。

「うちの子、花つがい様に字を教えていただいているみたいなの」

「うちもよ。それだけじゃなくて、近頃は掃除の手伝いまでしていただいて」

次第に女中たちの声が遠のいていく。

今の会話のとおり、依十ちゃんは離れの子どもたちと定期的に交流を持つようになっていた。それと同時に楼閣内の雑用も始めたのである。

自分は居候の身だからできることはやらせてほしいと言っていた依十ちゃんは、徐々に肩の力が抜けてきている印象があった。

俺に対してあった緊張が薄れたのも、もしかすると妖力暴走で心乱れた姿を見られたせいなのかもしれない。俺の情けないところを目にしたことで逆に共感を得たようで、手放しで喜べないが嬉しい誤算でもあった。

「依十ちゃん？」

ほかの使用人伝いに風鬼から湯浴みを終えたばかりだと聞き、少しだけでも顔を見ようと部屋の前まで来たのだが、さっきから何度声をかけても返事がない。

もう眠ってしまったのだろうか。いや、でもなにか気になる。

「開けるよ」

襖の奥から妙な気配を感じ、俺は了承を得ずに部屋に入る。

すぐに依十ちゃんの姿が目につく。畳にぺたりと座り、背を肘掛窓に預けた状態でこくりこくりと船を漕《こ》いでいた。

「……貘《ばく》か？」

「ピ、ピピピッ」

依十ちゃんの近くにいたのは、真っ白な毛並みの貘だった。

貘は現し世で悪夢を喰らうあやかしだと言われている。しかしなにを喰らうかは貘の種類によって異なった。

白黒のまだら模様、淡黄色、青白い色などに種が分けられるが、純白の貘が喰らうのは、思い出だ。

「ピィ、ピピピィ……」

か弱く鳴く獏の目からは、とめどなく涙がこぼれている。畳に落ちた涙は青白い硝子玉に変化し、獏の足もとにコロコロと転がっていた。

「そんなに依十ちゃんの思い出は、悲しいものばかりなのかい？」

俺は獏の頭に手を置き問いかけた。

純白の獏が喰らう思い出は、主に喜怒哀楽の四つに分けられる。喰らう思い出が喜ばしいものなら目がにっこりと半円を描き、怒りにまみれたものなら地団駄を踏み、悲しい思い出は涙を流し、楽しい思い出には尻尾を振るのだ。

どの思い出を喰らうのかは簡単な話。喰らう対象が一番に占めている思い出を獏は覗き見て自分の糧とする。

涙が止まらない獏を見るに、依十ちゃんの思い出は悲しみばかりだということだ。

「ごめ……なさい……」

彼女の唇が薄く開かれ、震えた声でそう言った。

俺は依十ちゃんの頬に流れた前髪に触れ、撫《な》でるように耳にかける。

「湯冷めするよ」

依十ちゃんを抱え上げ、すでに敷かれていた布団に移動させた。

獏に思い出を喰われているせいか、深い眠りについている彼女が目を覚ますことはなかった。俺はそのまま体を横にさせ、そっと掛け布団を被せる。

「お前もそろそろ食事を終わらせたらどうかな」

依十ちゃんの体に害は及ばないとはいえ、もういい頃合いのはずだ。

いまだにポロポロと涙結晶を落とし続ける獏にそう投げかけるが、悲しみが深すぎるのかあきらかに手に余らせていた。

「途切れないのか、仕方ないな」

俺は苦笑し、依十ちゃんと獏を繋いでいた妖気の煙に手を入れて叩き切る。

晴れて自由の身となった獏は、食事後の重くなった体を引きずるように肘掛窓から出ていった。

畳には散らばった涙結晶がある。このひとつひとつに、獏が喰らった依十ちゃんの思い出が残されている。

獏の涙結晶は時間の経過とともに自然に消えていく。かなりの数だが、夜が明ける頃には綺麗さっぱりなくなっているだろう。

しかし俺はほんの出来心で手を伸ばしていた。

ほかよりもひと回りほど大きい涙結晶を指で摘む。微弱な妖力を指の腹に込めると、パキッと音を立てて粉々に砕けた。

その瞬間、とめどなく頭に流れ込んできたのは、獏が喰らった依十ちゃんの悲しい思い出だった。

『――ごめんなさい、許して、お願い』

幼い少女が、暗く狭い部屋の中に閉じ込められている。

『ごめんなさい、ごめんなさい。ここから出して』

小さな拳が何度も戸を叩く。しかし、光が差し込むことはない。そのうち少女の手は痛々しく腫れてゆき、皮がめくれて血がにじんだ。

『もう、力なんて使わないから。ここから出して、お願いします』

地べたに這いつくばり、懇願を繰り返す少女の背中は小刻みに震えていた。吐息が白いので、おそらく真冬だ。にもかかわらず少女の服装は薄着である。

『ごめんなさい、ごめんなさい、ごめんなさい、ごめんなさい』

悲痛な叫び声で繰り返される謝罪。それはまるで呪縛のように少女の心を取り巻いて、消えない傷をいくつも刻んでいく。

『私が陰陽師だから？　だから、いけないの？　私は、生まれてきたらいけなかった？』

少女にとって楽しかったはずの思い出までもが悲哀に変わっていく。

ひだまりの中にある中庭、少女を慕う二体の式神……すべてが悲しみに塗り替えられて、水底に落ちるように、心の奥深くへと沈んでいった――。

そのとき、頭に流れていた思い出がプツッと不自然に途切れる。

我に返ったとき、頬にはひと筋の涙が伝っていた。おそらく依十ちゃんの思い出と同調しすぎたのだろう。

いまだ転がっている何個もの涙結晶を見下ろしながら、俺はとてつもない罪悪感にさいなまれた。

まだ十にも満たない依十ちゃんは、ひと晩以上も暗く寒い空間に閉じ込められていた。そしてかすかに見えた悲しみの続きは、家族と思われる人間たちがひどく彼女を嫌悪し、疎んでいる様子だった。

依十ちゃんが遠い未来で受けた仕打ち。ふつふつと込み上げてくるのは、どうしようもないやるせなさと怒りだった。

「君の心は、こんなにも泣いていたんだ」

この涙結晶の数は、依十ちゃんが背負ってきた悲しみの数を表している。

（いっそ、ずっとここにいればいいのに）

初めはただ、そばにいてほしかった。俺は俺のために、力に影響されない依十ちゃんが必要だった。しかし今はそれだけでは済まなくなっている。

帰らなければいい、なんて言葉は、帰ろうとしている本人には告げられないが。でも、せめて……。

「君を、そこから引っ張り上げないと」

自分の妖力すらまだろくに制御できない俺が、こんなことを言うとは滑稽だろうね。だとしても、君には権利がある。自分の感情を心のままにさらけ出す、当然の権利が。

君が俺の重荷を軽くしてくれたように、俺にも君を少しくらい救わせて。

第五話

「依十ちゃんの洋装姿、よく似合ってるよ。綺麗だね」

「……どうも、ありがとう」

あまりのド直球な褒め言葉に、当の私は若干気が引けていた。

客間の姿見の前に立たされ、着せ替え人形の如く試着に追われること小一時間、さすがに苦言が漏れる。

「ここまで着替える必要はあったのかな……」

「え、依十ちゃん、もしかして嫌だった？」

四季はぎょっとし、真に迫った様子で私の顔色を確かめている。

「嫌というか、さすがに品数が多すぎるよ。なんだかお洒落《しゃれ》な洋服と和服ばかりだし」

現代では本当にシンプルなお古ばかり着ていたので、こうしたひとりファッションショーや、服装を選り好みすることに耐性がない。

「まさかこれ全部買うの？」

「うん、もちろん」

即答して当たり前のようにうなずく四季。想像で軽く見積もった洋服や着物、飾りの総額を考えると頭が痛くなってくる。

「さすがに散財がすぎると思うんだけど!?」

「散、財……？」

「初めて聞いた言葉みたいに唱えるのはやめて」

「お嬢さん、男ってのはなんでもかんでも贈りたくなる性分なんですわ。特別な相手ならなおさらね」

そう笑いながら言ったのは、私が試着した数々の品を持って幻楼閣に現れた色白の商人——蛇のあやかし・叉可《しゃか》さんだった。

「いやー、梅花領主さんの花つがい様は慎み深くていらっしゃる。それが逆に男心をくすぐるってもんですが」

叉可さんの意見はよくわからないし、なにも慎み深くて遠慮しているわけじゃない。単純に多いのだ、品数が。

そんな中、四季は客間に並べられた品物から可愛らしい簪《かんざし》を手に取り、口を開く。

「依十ちゃんの生活用具を取り揃えたいとはずっと思っていたんだよ。領都の店を回ることも考えたけど、ひとまず最低限はさっと用意したくて叉可を呼んだんだ」

「どうも、ひとまずさっと用意されると聞いてお邪魔した暇商人です～」

叉可さんはけらけらと笑ってこちらに手を振ってくる。とりあえず胸の前にあった手持ち無沙汰な手で振り返しておいた。

「こんな軽口を叩いてはいるけど、品揃えに関して叉可の右に出る者はこの幽世にいないよ。各領地、国の高位あやかしがこぞって彼を贔屓《ひいき》にしているくらいだ」

そんなすごい人が私の服と生活用品をあつらえて来てくれたというのだから、頭を抱えたくもなる。

「梅花領主さんは特別なんでね。友情商売、友情販売～」

「あ、ふたりはお友達だったんですか……？」

「いやいや～、今のは言葉のあやというやつで。ご領主相手にお友達だなんて恐れ多いですわ。まあ一応、旧知の仲、とだけ。ねえ？」

叉可さんは目を細めてにっこりと笑い、くるりと振り返って四季に同意を求める。

四季も特に異論はない様子だった。

「依十ちゃん、なにも気にせず受け取って。それぐらい君には感謝しているんだ、本当に」

四季は手で弄んでいた簪を、私の耳の上にスッと挿す。私にはあまりにも可愛すぎるデザインなのに、「これもよく似合ってる」と満足そうにしていた。

「叉可、こっちの袴《はかま》に合う靴も見せて」

「はいよー」

叉可さんがいる手前、深くは話せないけれど、四季の言う『感謝』とは、言わずもがなこの間の妖力暴走のことである。

あのとき私は、自分の呪力で四季の乱れた妖力を鎮めることに成功した。

といってもなにか確信を持ってやったわけではなかった。ただ必死で、どうにかしたいという思いに駆られていた。四季の手を握り、指先に呪力が集中していくのを感じて……そうしたら偶然起こった出来事なのである。

しかしその偶然が功を奏したようで、あれ以来、四季の体を巡る妖力は安定しているらしい。呪力という別物の力が介入したことにより、コントロールする感覚を掴《つか》み始めているのだという。

（イメージ的には、操縦不能だった船の舵《かじ》をようやく少しずつ切れるようになった感じ？）

いまだに抑制具は手放せない必需品のようだが、あきらかに四季と、ほかの配下のあやかしとの距離感は縮まっていた。

今朝なんて鬼火が背中にぶつかっても大丈夫だったし、抑制具込みならだいぶ周囲への影響も薄れたようだった。

というわけで、四季の体質の緩和から数日が経過し、私はもとの時代に帰るための手がかりである丸鏡を、彼と一緒に人間界で捜索することになったのだった。

四季は人間界でも浮かない装い一式を揃えるためと言って叉可さんを呼び寄せた。

なのにいつの間にか替えの着物から生活用品まで買う流れになってしまい、私は四季の世話好きに困り果てていた。

この時代の人間界は、これで二度目。現代は五月だったけど、こちらはちょうど桜が見頃の時期らしい。

幻楼閣で着物一式を用意してもらった私は、その日の午後にさっそく四季と人間界の帝都に来ていた。

西洋文化が次々と海を渡り浸透し始める明治の世。行き交う人々の服装も、和装姿から洋装、または和洋折衷とさまざまな着こなしにあふれていた。

私はというと、淡い白藤の地色に大輪の花々と細やかな刺繍が施された着物を纏《まと》い、後ろ髪の上半分はリボンで結い、腕にはがま口の手提げカバンを引っかけている。

「依十ちゃん、離れないように気をつけてね」

「あ、うん」

隣を並んで歩く四季が、人混みをかき分けながら顔だけこちらに向けた。

亀甲柄の着物と羽織を着こなした姿。そして、いつもの鬼面の代わりに、四季の顔には面布がつけられていた。効果は短いが鬼面同等の抑制効果のある妖術が組み込まれているそうだ。

ふわりと揺れる白地の布には、赤い線の模様が描かれている。

「四季、それって前見えるの」

「見える見える」

（四季の言うとおり、面布をつけた式神がこんなにたくさんいる）

出発前、鬼面では目立ってしまうからと面布に取り替えた四季を見て、私はそれも目立つのではと指摘した。しかし、確かにこれなら四季もうまく紛れ込めるはずだ。

この時代、帝都には陰陽師が拠点とする陰陽寮があり、彼らが使役する式神が普通に道を歩いている。

通りを歩く式神は人型から動物までさまざまであり、その顔には四季と同じように面布が取り付けられていた。

（式神……って、どうやって出すんだろう）

幼い頃、私が祖父から教えられたのは、呪力を己の身に押し込める抑制方法だけ。それも感覚的なものだったので、陰陽師が扱う術などについてはなにも知らなかった。

祖父の自宅には、陰陽師に関する資料や古文書があったらしいが、父が流出を恐れてすべて処分してしまったため、結局なにもわからずじまいだった。

（知っていたところで、意味ないけど）

私は陰陽師だとバレることに日々怯え、呪力の気配に勘づかれないように気をつけていた。術の扱い方を学んでいたとしても絶対に持て余すだけだ。

(そんな私が、少しでも呪力を表に出して四季の妖力と調和させるだなんて……ちょっと前までは考えもしなかったな)

タイムスリップして明治の街を歩くなんてことも、予想だにしなかったわけだけど。

私は見慣れない帝都の街並みを眺めた。ふと、尻尾と耳を生やした人型の式神が目に入る。

あれは狼だろうか。でも、毛並みが白いので狐?

「依十ちゃん、あの式神がどうかした?」

「あの式神がというか、〝狐の式神〟がなんだか気になって」

「依十ちゃんは、狐の式神やあやかしとなにか接点が?」

四季は人混みをかき分けた先でそう尋ねてくる。

含みのある言い方を不思議に思いながらも、うーんと考えて首を横に振った。

「ないかな。……妹の婚約者が狐のあやかしなんだけど、私は呪力を隠すのに必死で、というか関わらないように避けていたし」

「妹って、同い年の？　それとも双子のほう?」

「同い年のほうだよ、櫻子っていうの。美鈴と美玲はまだ……あれ」

私はピタリと足を止め、四季を見上げた。

「同い年とか双子の妹がいるとかって、私、四季に話してた？」

「ああ……」

動きを止めた四季はしばらく黙ったあとで、「食事のときの会話で、そうなのかなと考えていたんだ」と答えた。

「そう、なんだ」

祖父が亡くなったあとの話をしたことはあったけど、そのときにでも言っていたのだろうか。さすがに記憶が曖昧なので、いったん会話を中断し、目的地まで急いだ。

帝都大通りを抜けた先、繁華街に近い場所にそれはあった。

【陰陽五行社《おんみょうごぎょうしゃ》・火ノ宮神社《ひのみやじんじゃ》】と、扁額《へんがく》に記された仰々しい墨の文字。

この時代の地図と現代の土地勘をすり合わせ、おそらくこの辺りが禁足地の廃神社があった場所だろうと向かった私は、立派な本鳥居を前にして嘆息がこぼれる。

「昔はこんなに大きな神社だったんだ……」

「まさかとは思ったけど、五行社の火ノ宮神社が依十ちゃんの言っていた廃社だったとは、びっくりだな」

違う意味で驚く私たち。

四季によると、火ノ宮神社は帝都中心に構える陰陽大社と陰陽寮を囲うように点在する神社のひとつだという。

木ノ宮《きのみや》神社、火ノ宮《みや》神社、土ノ宮《つちのみや》神社、金ノ宮《きんのみや》神社、水ノ宮《みずのみや》神社。

陰陽五行思想を念頭に、各元素を司る陰陽師らが五行神や霊魂を祀るために建てた神社であり、今も多くの参拝者が鳥居を抜けて参道を進んでいる。

五行社、陰陽大社。どちらも私が暮らす現代には存在していない。学園で陰陽師の歴史を学んでいても出てこなかった名前。陰陽師の悪行は伝わっていても、陰陽師関連の情報は徹底的に制限、または排除されていたのかもしれない。

「ひとまず、ここからはあまり君の時代の話を大っぴらに言うのはやめておこうか。誰かに聞かれてもまずいからね」

四季はしーっと人差し指を面布の上から口もとに当てた。

「そっか……うん、気をつけないと」

ところで、私が双子たちに閉じ込められた場所は、おそらく本殿か拝殿辺りだと思っているのだけども。

「四季って、神社に入って大丈夫なの？」

もちろん現代の神社は人妖関係なく参拝可能だ。しかし、今はあやかしと人が対立している。退魔の能力が備わっている陰陽師関係の神社に、あやかしの四季が入れるのだろうか。

少し離れた場所で本鳥居を眺めていた私たち。四季はじっと本鳥居を見据え、こくりとうなずいた。

「そこまで長居しなければ問題なさそうかな。ただ……」

四季は自分の片手を私に差し出してくる。

「本鳥居を越えてからは手を繋いでいよう。なるべく妖気を悟られないように、依十ちゃんの呪力で隠してもらったほうがいいから」

「て、手を繋ぐの？　私の呪力で、どうやって隠すの？」

「依十ちゃんの呪力の気配に紛れさせる、という感じかな。調和の延長みたいなものだから、触れ合っていたほうがやりやすい」

言っている意味は問題なくわかるし、そうするべきなのだろう。素直にうなずけばそれで済んだのに、なぜか変に意識してしまった。

「周りからカップルに見られたりしない？」

「かっぷる？　未来の言葉？　なんか楽しい響きだね」

四季は首をかしげる。

「カップルっていうのは、ええと」

恋人という意味、と説明しようとして、私は口を閉じた。

手を繋ぐと言われてどぎまぎしたが、四季は平然としている。手がかりを探す上で必要なことで、それ以外はなにも考えていないのだろう。今はただ誠実に、私がもとの時代に帰るための協力をしてくれているだけ。

（それなのに、私が恥ずかしがって駄々をこねるわけにはいかない）

そもそも四季は女の人から邪な目で見られるのに嫌気が差しているはず。変に意識することは、魅了の力で苦しんでいる彼に対しても不誠実に映ってしまう。

「カップルは、しゅ、主従関係みたいな、感じ」

「主従関係」

ほう、と興味深そうにして、四季は真に受けている。

ごまかしてしまって悪い気がしながら、その話題から離れるように私も手を差し出した。

「わかった、繋ごう。汗かいていたらごめん」

「あはは、大丈夫。それより前も思ったけど、依十ちゃんの手は小さいね。力加減に気をつけないと握り潰しそう」

あっさりと繋がれた手を、四季は持ち上げて興味深そうに観察していた。

「四季に比べればね、潰さないでね」

「うん、絶対に潰さない」

面布の奥で、クスッと笑う気配がした。大事そうに包まれた自分の手が妙にこそばゆい。

大きな掌、長い指。男性らしい骨ばった手だけど、綺麗だった。

絶対に意識しまいと私はそっぽを向き、空いたもう片方の手で熱が集中する頬を扇いだ。

本鳥居を越え、しばらく砂利の道を歩き、数分ほどで拝殿前にたどり着く。

(……呪力の、気配がする)

祖父が生きていたときにしか感じなかった呪気が、ここでは至るところからする。

それはひどく奇妙な感覚だった。

同じ力を内に秘めているのに、なぜか怖い。厳かな空気に気圧《けお》されているからだろうか。

思わず繋いだ手に力を込めると、四季はこちらを一瞥し、先頭を切って歩いてくれた。拝殿に近づいたところで、私はきょろきょろと辺りを見回す。

「この辺に見覚えはある?」

「ある、ような……」

なにせ私がいた現代のあの場所は、建物が朽ち落ちているか、または腐敗した状態だったので、なかなか判断しにくい。

「依十ちゃん、あそこに大きな案内板があるよ」

「本当だ。なんて書いてあるんだろう」

「少し見てみようか」

四季に手を引かれ、案内板の前まで来る。ほかにも何人かの参拝者が熱心にそれを見ていた。

（達筆すぎて、難しい）

読めないこともないのだが、ところどころ解読不能な文字が点在している。周りを真似て熟読している四季に声をかけるのもためらわれ、とりあえずわかる範囲で読み進めた。

（平安初期、陰陽五行の元祖……により、祀られし……）

解読できない部分は飛ばして読んでみるものの、やはり途切れ途切れでは限界があった。

四季はもう読み終わっただろうか。ちらりと隣を確認したときだった。

「そちらの若い夫婦《めおと》のおふたり、少しよろしいか」

すぐ真後ろから、若い男の声が響く。ぞくりと背中に緊張が走った。

「なにか」

無視するわけにもいかず、私は四季の返答を耳にしながら振り向いた。その際、一瞬だけ手が離れる。すぐに繋ぎ直した様子を、振り返った先にいた黒髪に菫色《すみれいろ》の瞳を持つ若い男がじっと見ていた。

（この人、陰陽師？）

まずは服装から周囲の人とは違った。

洋装とも着物とも言いがたい白地の衣を身に纏っている。間違っていなければ、それは狩衣《かりぎぬ》と呼ばれる服だ。

多くの陰陽師が着用していたことで知られる狩衣を着た男からひしひしと伝わってくる呪力の気配。ともなれば、十中八九この人は陰陽師である。

「突然申し訳ない。少し尋ねたいことがあり呼び止めた次第だ」

「俺たちに答えられるでしょうか」

四季は焦りひとつ見せずに、毅然《きぜん》とした態度で男と対峙《たいじ》していた。私もせめて失言しないようにと気を引き締めながらその人を見つめる。

陰陽師に、この時代で初めて会えた。しかし男のほうは、私の正体に気づいていないようである。

「そちらの面布の印、なにかご事情がおありのようで。差し支えなければ伺っても？」

まず男は四季の顔につけられた面布について言及した。

「ああ、構わないよ。この面布は、昔負った大火傷を隠すためのものです。街中でさらすにはあまりにもひどい顔をしているのでね」

その面布に描かれた赤い線の模様は、そういう意味だったの？　妖力を抑制し嗅ぎつけられないための面布とは言っていたけれど、まさかほかにも意味があったとは知らなかった。

口には出せないので私はグッとこらえる。

「ときに、奥方はそれをご存じで？」

「え……は、はい」

急に視線を向けてきた陰陽師の男に、私は小声で答える。

こちらを注視する瞳がスッと細められる。なにか確認しているような目つきだ。

「どうかしましたか。顔色が悪いようだが」

「そんな、ことは……」

どうしよう。不自然に声が裏返ってしまう。私と同じ陰陽師なのにこうも緊迫感に押し潰されそうになるのは、この人から驚くほど高い呪力の気配を感じるからだろうか。

「妻は極度の恥ずかしがり屋でね。聞きたいことがあるならどうぞ俺に」

肩に手を置かれ、ぎゅっと四季と体が密着する。

申し訳ないくらいアドリブ下手な私をかばい、さらには自分の妖力をより隠すための行動。機転の速さに驚きながら、私は迷惑をかけないように四季の胸の中でじっと大人しくする。

「もしや、今回のご参拝は火傷の治癒が目的で？　それなら私が承りましょう。こう見えて得意とする術のひとつだ」

「お言葉はありがたいですが、結構です」

「では、その大火傷だけでも確認させていただきたい。呪いや妖術がかかっていたら一大事です」

なかなか引かない陰陽師の男。口を挟めないが、真横で見ているとなんだか雲行きが怪しい。

「ご心配なく。呪いや妖術にはかかっていないし、見せるほどのものでもない」

「素人目にはわからないこともあるのだが、なぜそこまで遠慮する？　他に顔を見られてはいけないわけでも？」

「…………」

四季の言葉が止まる。面布の下でどのような表情をしているのか、まったくわからない。

「そろそろ、苦しくなってきたのではないか？」

表情も口調も変わらない。しかし男の雰囲気はあきらかに一変した。そして、私たちふたりを鋭く見据えながら告げる。

「あやかし夫婦が仲良く揃って、どのような参拝目的で神社を訪れたのか、聞かせていただこうか」

「もちろん、断る」

軽快な口調で四季がひと声添えた直後、妖力と呪力の衝突を感じた。それから突風が私の体を覆ったかと思えば、いつの間にかはるか上空から火ノ宮神社を見下ろしていた。

「あの男、そんなに俺の顔を見たいとは物好きだね」

「し、四季っ。なにがどうなって」

四季に体を抱えられた私は、浮遊感に耐えながら声を張り上げる。

「ごめんね、依十ちゃん。あの陰陽師くん、実力は相当なのかすぐに見破られたよ。振り返ったときに依十ちゃんの手を離したのがまずかったかな」

「これってもしかしなくても逃げてるんだよね？　あの人、すごい怖い顔で私たちのこと睨んでいたけど。それに……」

私たちを、『あやかし夫婦』と表現した。もちろん四季はあやかしだけど、あの日は私のことも含んでいた。

（どうして……？）

気にはなったが、上空で深く考える余裕はなかった。

上から確認できる火ノ宮神社の様子は騒々しく、私と四季のことでバタバタしているのが見て取れる。

「いったんどこかに避難しようか」

人間界とあやかし界を繋ぐ道は、大通りから狭い路地を入ったところにある。私と四季は騒ぎが収まるまで、近くの店で時間を潰すことになった。

その後、人気《ひとけ》のない落ち着いた喫茶店を見つけた私たちは、窓際に座ってひと息ついた。

「いきなり話しかけられたと思ったら、いつの間にかバレていて……もう目が回りそう」

「俺もまさか、陰陽寮の英雄と遭遇するとは想定外だったな」

「陰陽寮の英雄？　あの人が？」

「法師人朔《ほうしとさく》。数年前に帝都で大量出現した異形を退治し、一気に第弐級《に》にまで上り詰めた実力者だよ」

陰陽師には階級が存在する。上から壱《いち》、弐、参《さん》、肆《し》、伍《ご》、陸《ろく》、漆《しち》、捌《はち》、玖《きゅう》、拾《じゅう》。全部で十階級があり、法師人という男はその中の上から二階級というので、たぶんかなり偉い立場にいる人なのだろう。

そんな人と鉢合わせする羽目になるとは運が悪い。

(同じ人間で、陰陽師なのに。とても恐ろしかった)

本当に陰陽師というのは、相手があやかしとわかると問答無用で退治しようとしてくるらしい。鋭く冷たい菫色の瞳を思い出し、ぶるりと体が震えた。

「この喫茶店、手作りの西洋菓子がおいしいと叉可が言っていたところだ。飲み物だけじゃもったいない。依十ちゃん、なにが食べたい?」

空気を変えるように四季は喫茶店のメニュー表を開き、見せてきた。

「……シュークリーム」

「ふ、嬉しいな。こうやって誰かと出先で甘味を食べてみたいって、ずっと思っていたんだ。叶えてくれてありがとう、依十ちゃん」

暗くなっていてもしょうがない。四季もこう言っていることだし、甘いものを食べて気分を落ち着かせよう。

注文後、テーブルにはそれぞれ頼んだデザートと飲み物が置かれる。私はシュークリームと紅茶、四季はプリンとコーヒーだ。

「四季ってコーヒー飲めたんだね」

「癖になる味で結構好き。たまに叉可が仕入れた豆を買って飲んでるよ」

「プリンは?」

「これは初めて。見た目が気になっていたんだけど、なぜこんなに忙しく揺れているんだろうね？」

「スプーンでペタペタ触っているからじゃない？」

手の動作と至極真面目な感想がおかしくて、私は知らず知らずのうちに笑みを浮かべていた。そのおかげか随分と緊張もほぐれた。

お互いデザートをつまみながら、そのうち話題は火ノ宮神社で見た案内板の内容になる。

「昔の陰陽師が遺した宝？」

「そう、全部で五つ。そのひとつが火ノ宮神社に祀られているらしい。どんな形像をしているのかは書いていなかったな」

私が探している丸鏡と関係があるのだろうか。だが、もう一度詳しく神社を調べたくても、あの法師人という男の存在がちらついて行くのがためらわれてしまった。

「大丈夫だよ、依十ちゃん。いざとなれば何度だって連れていくから」

自信ありげな四季に頼もしさを感じつつも、無茶なことはしてほしくないと思う。

私はなんてわがままなのだろう。

（あ、そうだ）

私はハッと思い出し、四季に尋ねた。

「どうしてあの人、私たちをあやかし夫婦って言ったんだろう。まるで私まであやかしみたいに聞こえたけど」

「…………」

「四季？」

面布をつけていると四季の表情が確認できない。

ふたたび声をかけたところで微妙な答えが返ってきた。

「依十ちゃんは人間だよ。人間で陰陽師、そのどちらの気配もする」

ただ、と四季は少々不可解そうに続けた。

「ずっと君からは、妖気を感じていた。依十ちゃんの身から、かすかにあやかしの気配がする」

こぽこぽ、ちゃぷん、と音がした。喫茶店のカウンターに置かれたコーヒーサイフォンから聞こえたものだったが、しばらく経っても水音は頭の中にこだましていた。

第六話

「お〜、これがパンケーキというやつですかい。つきたて餅とはまた違った柔らかさがある洋菓子だ」

「薄餅、とも少し違うようだね」

嬉々《きき》とした叉可さんとまじまじと見つめる四季の声が、庭園の離れにある調理場にこだました。

私は、鬼火調理器の前に立って生地を焼いている最中だった。

「花つがい様が異国のケーキをご存じだったとは驚きでしたなー」

「まさか私も作れるとは思いませんでした」

子どもたちに手習いを教えた帰り、私は厨房に調味料を卸しに来たという叉可さんと、彼の対応をする四季と鉢合わせた。

その際、異国の菓子の話になり、材料は仕入れたけど作り方のメモをなくしたという叉可さんに作り方を知っていると言ったところ、庭園にある離れにて唐突にパンケーキ作りが始まったのだった。

「依十ちゃん、これおいしいよ」

「本当？　うまく作れてよかった」

作ったものを誰かに食べてもらうのはすごく緊張していたから、心底ホッとする。

（ＩＨ調理器やガスコンロがなくても、調理場に住み着いた鬼火がいれば料理ができ

ちゃうなんて、すごいなあ）

鬼火は健気に平たいフライ鍋の下で、ちょうどいい加減で燃えていた。体を押さえつけられ気を悪くしていないか心配したけれど、ひとつ目の顔をにっこりさせてとてもご機嫌な様子だった。

「それにしても、依十ちゃんは料理に覚えがあったんだね」

「自分の分は自分で作っていたし。部屋にレシピ本……作り方の本がたくさんあったから」

私は苦笑しながら言った。

西ノ宮の家で私が寝起きしていたのは、本宅ではなく旧管理小屋という場所。昔は庭師の居住空間として使われていたところだった。

ひととおりの設備は揃っていたけれど、引き取られた当時は七歳だったのでいろいろと苦労した。最初は食事が運ばれていたが、十歳になった頃には週一回にまとめて食材だけが置かれるようになったからだ。

料理は、生きていくために必死に身につけたものである。

祖父との暮らしで切る、焼く、煮るなどの基礎工程を教えてもらっていなかったら食事もままならなかったと思う。

「お菓子を作る機会はほとんどなかったけど、パンケーキは意外と簡単で、おじいちゃんとも作ったことがあるから」

「そうだったんだ。いい思い出だね」

「うん、本当に……」

祖父は意外と食通で、お菓子以外にも、和食、洋食、中華。そのほか幅広い料理を食べさせてくれた。大切にされていた。甘やかしてくれた。

その温かさにあふれる記憶が浮かんだのは、ここ最近の話。ゆえにぽつりと、疑問がこぼれる。

「どうして私、忘れていたのかな」

よくよく考えてみると、幼少の記憶を具体的に思い出せるようになったのは、このあやかし界に迷い込んでからだ。私にも幸せで楽しいと感じる瞬間があったと、今になって細かい部分の記憶がよみがえってきていた。


その後、調理場の片付けを終えた私は、幻楼閣に戻るため四季と一緒に梅の木の小路を歩いていた。

ふと庭園にある大きめな池が目に入る。自然と足がそちらに向き、畔《ほとり》まで近寄った。

「この池にはなにか住んでいるの？」

「河童《かっぱ》と鯉がいるよ」

「え、そこって共存できるんだ……」

現代の池で見かける河童は鯉を食べてしまう種類が多いので、しっかり生息区域が分けられていた。

「河童は河童でも芽々河童《めめがっぱ》といって、花の蜜、葉、花びらを食べるからね。ここの子らは、だいたい水面に浮かんだ梅の花びらを好んで食べることが多いかな」

妖力が含まれるものでないと糧にならないため、あやかし界にのみ生息する河童らしい。

「あ、本当だ。花びらを食べてる」

水面にぷかぁと小さな芽々河童が浮き出てくると、そのまま泳いで舞い落ちた梅の花びらを口に吸い込み始める。泳ぎながら食事をしている様子がちょっと間抜けで、ふっと口もとがほころんでいく。

現代で見かける河童はもっと大きくて陰鬱そうなイメージだったけど、この芽々河童は……。

「可愛いかも」

「可愛いな」

並び立つ四季と声が重なる。横を向いて見上げると、先にこちらを見下ろしていた四季と顔を合わせた。

「四季、今なにか言った？　重なって聞き取れなかった」

「依十ちゃんの笑っている顔が可愛いって褒めただけ」

照れも隠しもせず告げてくる四季をぎょっとしながら見返した。

「四季ってそういうところあるよね」

「そういうところ？」

「可愛いとか、私が楽しいと自分も楽しいとか。勘違いしそうな――」

すんでのところで言葉を止める。

ばっと両手で口もとを押さえる私を、不思議そうに見つめる四季。

（ああ、もうまただ。四季はこれまであまり人と関わってこなかったから、気を許せる私に対して軽いだけ。深い意味はない。ここで『勘違いしそうな言い方』なんて口を滑らせたら、なんの勘違いって話になるじゃないっ）

私は悶々と思考を巡らせながら心を落ち着かせる。

四季の発言はたまに口説いているように聞こえるときがある。

もちろん私なんかにそんな気を起こすとは思えないし、私が対等に接せられる相手だからこその対応だというのは理解している。

だけど最近ごくたまに、本当にたまに私のほうが四季の発言を意識してしまうときがあって、胸がざわざわ忙しなくなる。最初はむしろ引いていたというのに。

「依十ちゃん、どうかした？」

ほら、今もきょとんとした顔で声をかけてくる四季に他意があるとは思えない。鬼のあやかしに対してこんなふうに悩んでいること事態がおこがましいのだ。

「ううん、なんでもない。本当に、うん、うんうん」

ひとりで何度もうなずき、頭の中をクリアにする。

あくまでも魅了に影響されない希少な存在として、少しでも気持ちがわかる理解者として、そばにいないと。

（いないと、なに？）

そもそも私は、どうしてこんなに必死になって——。

「依十ちゃん、またなにか難しく考えてない？」

「そ、そんなことはないけど!?」

「……うん、まあ。君が言いにくいなら無理には聞かないよ」

ギクッとしたけれど私の思考を読み取られたわけではないらしい。咄嗟《とっさ》のごまかしは見破られていたが、四季はくすっと笑いながら肩をすくめるだけだった。

「でも、ひとりで考えすぎないで。この前言ったことが依十ちゃんに変な不安を抱かせたんじゃないかと気が気じゃなかったんだ」

四季の申し訳なさそうな声音に、すっと冷静になっていく。

「私にあやかしの気配がするって話だよね。少しびっくりしたけど、考えてみたらここはあやかし界だし、多少の妖気が体内に残ることはあるのかなって。ほら、四季の妖力にも触れたから」

だからあまり難しく悩んではいなかった。

「……そっか、うん。それならいいんだ」

歯切れの悪い反応のあと、四季はゆっくりと池に視線を戻す。つられて私も観賞した。

「あの芽々河童、ほかの子の二倍はお腹が膨らんでいない？」

「花びらの食べすぎだろうね。きっと食いしん坊なんだ」

そんな何気ない昼間の一幕。

こぽこぽと、池を泳ぐ鯉が水面に気泡を浮かべていた。

その夜、体に異変が起こった。

（……どうして私、勝手に体が動いているの？　夢？）

いつもどおり湯浴みを済ませ、夕食を取り、布団に横になって眠りについたはずだった。それが目を開けると、私は自分の意思に反して部屋の外を歩いていたのである。

『お　い　で』

ねっとりとした声が頭に響く。

不気味に招くその声は、私を導くようにとある場所へと誘《いざな》った。

(ここは昼間の池？)

寝巻きに素足のまま、私は大きな池の畔に佇む。

足裏に伝わる地面の感触、梅の花びらを散らす夜風の冷たさ。肌に伝わる現実の質感に、いよいよここは夢の中ではないのだと悟る。

(体がまったく動かせないっ)

歩みを止めたいのに力がまったく入らず、さらに足は前へと進み、つま先がぴちょんと水に触れた。

『おいで　おいで　おいで』

不気味な声はさらに響く。どんどん声の距離が近くなって凄みが増していく。

(やだ、どうして……ああっ！)

悲鳴のひとつもあげられず、私の体はそのまま池に滑り落ちた。

＊＊＊

弐の刻過ぎ。一瞬だけ感じた凄まじい呪力の気配に、俺は枕もとに置いた鬼面を取り部屋を飛び出した。

「四季様！　今気配が……」

「わかってる」

廊下に出た直後、同じく異変を感じ取った風鬼と鉢合わせる。

「あれは呪気のようでした。陰陽師の奇襲という可能性は」

「いや、違う」

後ろをついて走る風鬼に答えながら、俺が向かったのは依十ちゃんの部屋の前。そのまま襖を開けるが、室内には敷かれた布団がまくれ上がった状態であるだけで、もぬけの殻だった。

「どうして依十羽様のお部屋に？」

「さっきの呪力の気配は依十ちゃんのものだからだよ」

「え……ええっ!?」

風鬼は驚愕した様子で固まっていた。

驚くのも無理はない。依十ちゃんは今までずっと自分の呪力を悟らせないように気配を消していたのだ。

消していたというより……封じていた、というほうが正しいかもしれない。

だからこそ他者の体に巡る力の性質がわかる俺とは違い、ほかのあやかしたちは彼女の呪力には気づけなかったし、陰陽師であることも見破れなかった。あの陰陽寮の英雄くんすら騙せていたのだから依十ちゃんの呪力の気配を消す実力は相当なものなのだろう。

（それがさっき自ら放出するように楼閣内に呪力の気配が広がった。あれは依十ちゃんのもので間違いない）

しかし、その本人は部屋から姿を消している。

「……気をしっかり持てよ、風鬼」

「え？　はっ」

普段の口調すら忘れて俺は広範囲に己の妖気を張り巡らせ、依十ちゃんの行方を探した。周りに配慮している余裕はなく、俺の妖気にあてられた風鬼は膝をつきそうになっている。

「……外か」

ぽつりとつぶやいて、反対側の部屋に移動する。

「風鬼。楼閣中の皆に外には出るなと伝えておいて」

「はいっ、承知しました！」

ある程度の気配を探り当てた俺は、風鬼に指示を伝えたあと、肘掛窓に足をかけ外へ飛び降りた。風の抵抗を排除し、楼閣の最上階付近から庭園へと一気に降りる。

狙いどおりの位置に着地した俺は、前方に広がる池を睨んだ。

「ようやく姿を現したようだね」

月光を浴びてぬらぬらと輝く大型の青鱗《せいりん》、全長ほどある二対の毒髭《どくひげ》に、悠揚と動いた尾ひれが水面を揺らして激しく波打つ。

池の中心をぐるぐると泳ぎ回るそれは、巨大な鯉のあやかしだ。それも多くの負を取り込み強力な妖気を放つ異形である。

「お前が依十ちゃんに憑いていたやつだね？」

『忌々しい、忌々しい鬼め』

水中から頭を出した異形の鯉は、鋭い瞳孔で口吻《こうふん》を動かした。

『貴様は我が糧の心をかき乱す害。要らぬ、許せぬ。依十羽は我のものだ』

「聞き捨てならないな。許せないのはこっちだよ、無断で彼女の心に住み憑くなんて」

あの異形こそが、依十ちゃんの負の感情を糧とするため、永らく彼女の身に潜んでいたあやかしだ。依十ちゃんからわずかに感じていた妖気もこいつのものだろう。

「お前は依十ちゃんをどうする？　まさか喰らうつもり？」

俺は鬼面を外し、静かに目を剥く。

だが依十ちゃんに取り憑いた状態だからか、俺の妖力の圧は効かないようだ。

(依十ちゃん……)

池の中心、水面付近には横たわるように浮かんだ依十ちゃんの姿があった。鯉の異形が発生させた渦の真ん中で気を失っているようだ。

『喰らう。これ以上、依十羽の美味な負を減らしてなるものか。もっと負が肥えて呑み込まれた依十羽を喰らうはずだったのだ。それを貴様は——』

「俺のせいだって？　は、笑わせるなよ異形」

依十ちゃんの生い立ちに付け込み、負の感情ばかりだった心に取り憑いておきながら、彼女の心が上向きになり始めた途端、焦って喰らおうとするとは。

「お前こそが、害だろ」

最近、依十ちゃんの表情は随分と和らいだ。初めの頃、戸惑い引きつってばかりだった顔には、多くの感情が浮かぶようになり、より表立った人間らしさが増してきていた。

ここで暮らすようになり〝呪い〟の効果が弱り始めたおかげで、もともとの彼女の性格や素顔がより顕著に出るようになったのだろう。

(おそらく君は、気づいていなかったのだろうね)

陰陽師であるその身を忌み嫌い、そんな自分を何度も呪い、無意識のうちに依十ちゃんは本物の呪いにかかってしまっていたのだ。

呪いによって封じられていた呪力、押し込まれていた喜怒哀楽の感情、負の思い出ばかりで埋め尽くされた記憶。

依十ちゃんに取り憑いた異形の鯉は、そのすべてで形成される〝負〟を喰らって力を得たのだろう。

「お前のような姑息《こそく》な異形が、いつまでもその子の心に憑いているなんて我慢ならないよ」

『黙れ、鬼。我はずっと依十羽の中にいたのだ。我を無理にでも引き剥がそうものなら、依十羽の心もろとも崩壊するぞ』

勝ち誇ったように異形の鯉が笑い声をあげている。

ばしゃんばしゃんとやかましく胸びれを水面に叩きつけるさまが心底腹立たしい。

「……まず、その依十羽と呼ぶのをやめてもらおうか」

『なに？』

「依十ちゃんに認識すらされていなかったお前が、馴れ馴れしく何度も名を口にするのはおこがましいだろう？　あやかしにとって名を赦すことは、心を赦すこと。お前では不相応だよ」

『…………』

鯉の異形から呆気に取られたような息づかいが聞こえた。些細な問題だとでも思っているのだろうか。

「というわけで、だ。さっさとその執着をなくして消えな。焼き魚になりたくはないだろ」

青紫の炎を出し、周辺に漂わせて脅しにかかる。

『依十羽がいなければ妖力すら制御できぬ貴様などに我が負けるとでも？』

「言ってくれるね。その制御できない俺に、勝てるならやってみな」

ここで時間を稼げれば、依十ちゃんは自分の呪いと向き合えるはずだ。俺が君をそこから引き上げるためには、君自身が自分にかけた呪いを打ち消さないといけない。

大丈夫、君ならできるよ。この俺を一寸先の見えない暗闇から唯一救ってくれた子なんだから。

＊＊＊

——この力は、誰にも知られてはいけない。

陰陽師だということも、呪力を宿しているということも。

何度も言い聞かされてはいたけれど、本当の意味でそれを実感したのは祖父が亡くなったあの日だ。

『お、じいちゃん……おじいちゃん……起きてぇっ』

寒い冬の日。病を患っていた祖父が急死した。

たったひとりの家族である大好きな祖父の死を目の当たりにした私は、現実を受け止めきれなかった。

もう話すこともできない。声も聞けない、目も開けてくれない。

『おじ、ちゃん……おじいちゃん、う、うぁ……わああんっ』

涙が濁流のようにあふれ、絶望の底から響かせた泣き声が病室に響き渡る。

その瞬間、院内の至るところから、けたたましい機械音が轟《とどろ》いた。

『急変です！』

『早く先生を呼んでっ』

『お父さん、しっかりしてぇ！』

『すぐに心肺蘇生《しんぱいそせい》を！』

切羽詰まった言葉が飛び交い、泣き叫ぶ声が耳に届く。

あのとき急変や異常反応で処置を受けていた患者は、全員があやかしだった。診察を受けに来た外来患者、見舞いに来ていた入院患者の関係者……入院患者だけではなく、院内に滞在していたあやかしたちまでもが皆して気絶してしまったのである。

私の呪気にあてられてしまったせいで。

『……ひっ、う、ううう』

悲しさのあまり引きちぎられそうになる体を、私は必死に抱きしめて、その場にうずくまった。騒ぎの原因が自分にあったのだと瞬時に理解してしまったからだ。感情が激しく乱れると、呪力が暴走する。周りに迷惑をかけるどころか、あわや命を奪ってしまうところだった。

母が亡くなったときとは状況が違う。あのときは悲しくて仕方がなくて、自分ではどうしようもなくて祖父に泣きついた。祖父は陰陽師であったから同じ呪力で調和し、私の呪力の暴走を止めてくれていたのだ。

でも、もう私を制してくれる人はいない。私の暴走を受け止めてくれる人はいない。まるで出口のない暗闇に足を踏み入れたような絶望感が襲った。

この日を境に、私は悲しみに暮れて泣くことができなくなった。

『返してっ。おじいちゃんからもらった大切なものなの！』

西ノ宮の家に引き取られてまだ日が浅い頃。私を気に入らなかった美鈴と美玲は、旧管理小屋にやってきては嫌がらせばかりをしてきた。幼いながらも私に対する敵対心は人一倍強かったのである。

『子どものくせにアクセサリーとか、ナマイキ〜』

『どうしてあんたがこんなものもってるの？』

祖父から譲り受けたロケットペンダントを奪われ取り返そうとする私の目の前に、まるで馬に人参を垂らすかのようにちらつかせて楽しんでいた。

『ふたりとも、なにをしているの？』

『あ、櫻子お姉ちゃん』

『見て見て、この子ママみたいなネックレスもってるの』

櫻子に懐いている双子は、ロケットペンダントを彼女に渡し意地の悪い顔で笑っている。

『綺麗な作りね。でも、お父様はこれを知っているのかしら』

『そ、それは……』

「もしかして、これにはなにかあるの？」

『……っ、お願いだから返してっ』

私はすっかり余裕をなくし、櫻子の手からロケットペンダントを取り返そうとする。

その拍子に肩を押してしまい、櫻子はロケットペンダントを持ったまま体勢を崩して後ろに倒れ込んだ。

『あっ……ご、ごめんなさ……』

『ちょっとあんた、なにしてんのよ!?』

『櫻子お姉ちゃんが怪我したらどうするの!?』

『ごめんなさい……でも……』

双子はこちらを睨みつけると、口ごもった私の体を思いきり突き飛ばした。

どうしてこんな仕打ちを受けなければならないのか。悲しみよりも、理不尽な扱いによる怒りが先にきていた。

『もう、いい加減にしてよっ!』

そのとき、服の内側に潜めていた和紙札から二体の式神が姿を現した。私の怒りに助長され、妖しい炎を発生させる。

それは瞬きの間に付近の発電機へと燃え移り、耳をつんざくような爆発音が轟いた。

双子は風圧によって吹き飛ばされ、近くの木の下に体を打ちつけて気絶していた。

『依十羽、今なにを……』

『おじいちゃんの、返して!』

櫻子の手にあったロケットペンダントに目を向ける。

無我夢中で頭に血が上り、冷静さはまるでなくなっていた。そして、短い期間のうちに何度となく虐げられ積もり積もった憤りが、式神に――コンとポンの精神に強く反映されてしまった。

『きゃあああ』

炎は櫻子を襲い、体に火傷痕を残した。

私は犯した事の重大さを深く理解し、同時に恐怖した。

『どうしてこんなことしたのっ！　私、頼んでないよ！　こんなひどいことするなんて、だいっきらいっ!!』

その場で和紙札を破り捨てる。私は守ってくれた式神に対して言ってはいけないひどい言葉を吐き捨てた。

(私、どうすればいいの……おじいちゃんっ……)

騒ぎを聞きつけた使用人の足音が徐々に近づいてくる。

私は怖くなり、西ノ宮の家を飛び出した。そうして向かったのは祖父の自宅だったが、見えてきた塀の向こうの景色に言葉を失った。

「え……？」

家は、なくなっていた。すでに建物は取り壊されていて、瓦礫《がれき》と木くずばかりが散乱している。

私のために用意された子ども遊具、祖父が丹精込めて育てた菜園、春になると咲き誇っていた梅の木々。私の大好きな中庭は見る影もなくなっていた。

囲いの石が撤去された池だけは、まだ水を抜かれずそのままの状態で放置されている。

大切な場所がただの廃棄物に成り果て、私の中にあった祖父との思い出も、ガラガラと音を立てて崩れていっているような気がした。

『ごめんなさい、許して、お願い。ごめんなさい、ごめんなさい。ここから出して。もう、力なんて使わないから。ここから出して、お願いします』

祖父の自宅の中庭には大小ふたつの蔵があり、私は小さいほうの蔵に閉じ込められていた。脱走した私を追ってきた父が、呪力の暴走を恐れて放り込んだのである。

『血筋だけじゃなく力まで扱えただと!?　しかも櫻子を巻き込んだな。せっかく高位家門のあやかしの婚約者にまでなったっていうのに、番契約前に余計な傷を残しやがって！』

蔵の外で戸を激しく蹴る音がした。しばらくすると苛立った調子の父はいなくなり、私は蔵の中で一夜を過ごすことになった。

『寒いよ、暗いよ……コンちゃん、ポンちゃん』

喚《よ》んだところで現れるはずがない。私が二体との繋がりを破り捨てた。私を守ってくれたのに、私が拒絶してしまったのだ。

『ごめんなさい、ごめんなさい、ごめんなさい……』

夜が明けるまで、私は何度も謝り続けた。

たくさんの人に迷惑をかけたこと。祖父との約束を破ってしまったこと。コンとポンを切り捨てたこと。櫻子に火傷を負わせたこと。

全部私のせい。穢れた陰陽師の血を引いている私が悪いんだ。

空腹と寒さで朦朧《もうろう》となる意識の中、声が枯れてもずっと自分を責め立てた。

そのとき、ぽちゃんとかすかに水音が聞こえた気がした。

そういえば、あの池だけはまだ残っていたっけ。

ほかの鯉よりもひときわ大きく目立っていた、美しい尾ひれで優雅に泳ぐ青鱗の鯉。

あの子はまだ生きているのだろうか。

それからひと晩が経ち、蔵の戸が開けられる。

『許してあげるわ』

火傷を負った櫻子が、私に笑いかけていた——。


記憶に溺れている気分だった。池の中に引きずり込まれ、ぶくぶくと口から漏れた気泡が水面へと上がっていく。その間々によみがえったのは、幼い頃の私の記憶だった。

(コンちゃん、ポンちゃん)

ずっと忘れていた。私の大切な友達で、守ってくれた二体の式神。

狸のあやかしである豆太くんに感じた既視感も、帝都の街中で目に留まった狐の式神も、きっと二体のことがどこかで尾を引いていたからだ。

そのとき、目の前を巨大な影が横切った。

（青い鱗《うろこ》の……鯉……）

ああ、そうだったと私は思い改める。

この青鱗の鯉は、祖父の中庭の池にいた鯉だ。そしてあの晩、私にささやいた。

『おいで　依十羽　一緒にいてあげよう』

水音に混じって耳の奥に染み入ってきた声が、妙に祖父の声音と重なって聞こえた。

寒くてお腹が空いて、真っ暗で……なにかに縋《すが》りたかった私は、無意識に受け入れてしまったのだ。この、異形の鯉を。

（……言霊の呪いというものがあるって、幼い頃におじいちゃんは教えてくれていたけど）

陰陽師である自分を忌み続け、私は私を何度も呪った。感情をずっと奥深くまで沈めて、揺れない心を作り上げた。

思えばそれはすべて〝負〟で固められた私の強い意思だったのかもしれない。それによって付け込まれて、私は心の中にあやかし――異形を取り憑かせたのだろう。

すべてのピースが嵌《は》まるみたいに、すっと思考が晴れていく。

ここまで深く考えられるようになったのは、きっとこの場所でふたたび喜びや楽しさを見出すことができたから。

(四季に、『ここには、俺がいるよ』って言ってもらえて嬉しかった。私はひとりじゃないって思えるようになれた)

呪力に関しても、現代にいた頃より恐ろしさがなくなった。

四季ばかりが高い呪力を持つ私に感謝していたけれど、同じように私も四季の高い妖力のおかげで呪力が自然と抑制されていたのである。

私もこんな状況になるまで気づけなかった。必死に抑え込もうとしなくても四季が隣にいるだけで調和が保てるようになっていたのだ。

(まだ不安はあるけれど、でも……)

私は前よりもずっと、私を肯定できるようになった。だからこそ池に落ちた瞬間、助けを求めるための呪力を体から思いきり放出させた。そうすれば四季に気づいてもらえると確信して。

(さっきから、妖力が何度もぶつかっている気配がする。四季がこの異形の相手をしてくれているみたい)

だとすれば私がやらなければいけないのは、自らかけてしまった呪いを解いて、この異形を切り離すことではないだろうか。

（といっても、どうすればいいんだろう……）

ふと、考える。

呪力の制御と調和は紙一重なのかもしれない。そこに違いがあるとすれば、自信の問題ではないだろうか。

（もうあのときみたいな暴走はしない。だって今の私には……四季がいてくれるから）

そうして脳裏に彼の顔がよぎると、ドキッと胸が高鳴った。

たとえもとの時代に戻る日が来たとしても、私を支えてくれる記憶が消えることはない。

（だから大丈夫、大丈夫だから）

これが正しい方法なのかわからない。でも自然と体が動いていた。

ぎゅっと願いを込めるように、私は呪力を解き放つ。

（私の心から、出ていって！）

その瞬間、ぐんっと凄まじい力で体が引き上げられた。

「……ぷはっ、げほげほっ」

肺に空気を取り込んで、何度も呼吸を繰り返す。

くらんだ視界に星が瞬いて映った。そして、こちらを優しげな黄金の瞳で見つめている、四季の顔。

「おかえり、依十ちゃん」

「四、季……？」

「うん、俺だよ」

徐々に視点が定まっていく。

四季は体勢を低くし、私の体を膝で支えるように抱え直した。まだ頭が働かない私の頬に指を添え、張り付いていた横髪を耳にかけてくれる。

「君ならちゃんと自分の呪いを解いてくれると思った。ほら、君に取り憑いて負の感情を喰らっていた異形も、力を失くしてこんなに小さくなったよ」

私を抱える四季の手には、ピチピチと体をひねり跳ねさせている青鱗の鯉がいた。

祖父の中庭の池で優雅に泳いでいた頃のサイズ感に戻っている。

「もう妖力をほとんど失っているようだから、ただの鯉と変わらないけど」

「…………」

どう言えばいいのか迷い、一瞬言葉に詰まった。

「依十ちゃん？」

「……ごめんね」

青鱗の鯉に向かってそうつぶやく。四季は驚いた様子で瞬きをしていた。

確かにこの鯉は異形となって私の心に取り憑いていたのだろう。しかしその行動に出たのは、祖父が亡くなり中庭が取り壊され、住処を失いかけていたのが原因かもしれない。

だから蔵に閉じ込められた私に声をかけて、私の負を糧にしていたのだとしたら。

なんだかすべてが悪いとは思えなくなってしまった。

「依十ちゃん、こいつは君の変化に気づいて君自身を喰らおうとしていたんだ。だから、あまり深く同情するのはよくない」

「うん、わかってる。池の中にいたとき、ずっと力が抜けていく感覚があったの。きっと本気で私を食べようとしていたんだよね」

これ以上の謝罪を言うつもりはなかった。ただ、少し複雑なだけ。

「この鯉は、どうなるの？」

「……このまま焼き魚にするつもりだったけど、気が変わった」

四季は青鱗の鯉を、ぽいっと目の前の池に放り投げた。

「な、なにしてるの!?」

「ここの池に住まわせようと思って」

「……どうして？」

「だって依十ちゃん、そうしたそうだから」

なにもかも見透かしたような顔で四季が微笑む。

きゅっと心に妙な違和感を覚えながら、私は尋ね返した。

「でも、ここには他の鯉も、芽々河童だっているし」

「さっきも言ったけど、あの鯉に妖力はもうほとんどないから無害だよ。芽々河童より断然弱いし安心して」

「……ありがとう、四季」

涙声でお礼を言う。

あの青鱗の鯉は祖父のお気に入りの鯉だった。私もよく餌をあげていて、もうなにもかも取り壊された祖父の中庭に、たったひとつでも残っているものがあって嬉しかったのだ。それが私を喰らおうとしていた異形だとしても。

「変だよね、私……ごめんね、気を遣わせちゃって」

「依十ちゃんはなにも変ではないし、俺は自分がしたいことをしているだけだよ。それにほら、芽々河童もさっそく新入りと戯れてる」

四季が顎をくいっと動かし池を指し示す。目を凝らすと、少し遠くの水面で青鱗の鯉に跨がった芽々河童たちの姿があった。

「あの鯉、小さくなったといっても、もともとの全長に戻っただけだから。ほかの鯉よりも大きくて、芽々河童も乗りがいがあるんだろうね」

「本当、だね……もう馴染んでる……ふっ、あはははっ」

なんだか一気に気が抜けて、腹の底から笑いが込み上げてくる。声を出して笑ったのはいつ以来だろう。笑いすぎて目尻に涙がにじみ、ぽろぽろと頬を滑り落ちていった。

「ふ、うう、わあああんっ」

笑いが収まったと思えば、次は勢いよく泣き声をあげていた。

「おじ、ちゃん……おじいちゃん……っ」

祖父が死んでしまったあの日から、私は悲しみを昇華できていなかった。大切な人の死を悼むことさえできなかった。

私は今も、あの頃も、本当は誰かに縋りたかった。

「ごめ、ごめんね、コンちゃん、ポンちゃんっ。私を守ろうとしてくれただけなのに、ひどいこと言ってごめんなさい。忘れていてごめんなさい」

しゃくりを上げ、まるで幼子のような泣き声が池の畔にこだまし続ける。

私は目の前の胸に縋りつき、今までのすべてを吐き出すように泣き続けた。

「………」

四季はなにも言わず私を支えてくれていた。

触れられた箇所から体がすっと軽くなって、涙は出続けているのに呼吸は驚くほど軽い。死んだように生きていた私の世界が、この瞬間から息づいていく。そんな予感と高揚感がする。

祖父が亡くなったあの日のようにぐちゃぐちゃになった感情が私の心に渦巻いて……それでも呪力は暴走しなかった。私の身からあふれ出る呪力を、四季が妖力で包み込んでくれていたからだ。

「君が泣きたいとき、いつでも俺に寄りかかって」

優しい慰めの言葉にまた涙があふれる。泣きやみ方を忘れてしまった私は、それからしばらくの間、四季の腕に抱かれていた。

（ここに四季がいてくれて、よかった……）

温かな気持ちが胸に灯る。

感謝と恩義、それ以外にも確かに芽生えていた感情。

たぶんこれは——恋心、のようなもの。


騒動の夜から数日後。

呪力を意図的に放出させた私は、陰陽師であることを楼閣中のあやかしに知られてしまった。

人間である陰陽師とあやかしが敵対関係にあるこの時代、私に対する反感がたくさん出るかと思いきや——。

「依十羽様、今日は梅柄のお着物をお持ちしました〜」

「ありがとう、風鬼ちゃん」

朝支度に始まり。

「花つがいさま、またぱんけーきつくってください！」

離れの手習い。

「本日もお手伝いありがとうございます、花つがい様」

楼閣内の雑用。

私のあやかし界での日々は、拍子抜けするくらい通常どおりだった。

「え、みんな……私が陰陽師だって知っているんだよね？」

あまりにも変化がない状況に疑念を抱き、梅花の間で四季と昼食をとりながら尋ねてしまった。

「ははは、知ってるよ」

鬼面を膝の横に置き、素顔をさらした状態で四季はくすっと笑う。そして和え物に箸を伸ばしながら話を続けた。

「この楼閣のあやかしは半妖が多い。人間のよいところ、あやかしのよいところをよく知っている。もちろん逆も然りだ。だから彼らにとって血筋や生まれは二の次なんだよ」

半端者だと一族から追い出されたり、化け物だと迫害を受けたり、人妖どちらの世界でも居場所がなかった半妖がここにはたくさんいる。

傷や痛み、苦しみを知っているからこそ、変わらずに私を受け入れてくれた。相手を種族に分けてひとくくりにはせず、その者を知って見極めているのだ。

そのため、〝四季の花つがい〟という認識が、楼閣中のあやかしの間でより深く刻まれているように感じる。

(一応、花つがい〝役〟なんだけど)

ここ数日のあやかしたちとの交流を思い出しながら、ちらっと四季を一瞥すると、ぱっちり目が合ってしまった。

「……なにか?」

四季が面白そうな顔をして私を見つめ返すので、口調が固くなりながら聞き返す。

「やっと俺と顔を合わせてくれるようになったなと思って」

その合間にお吸い物をいただく。

「ぐっ」

飲み込んでいたお吸い物を吹き出しそうになった。

「もう掘り返さなくてもいいでしょっ」

「いやー、さすがに俺も焦ったからさ」

四季は飄々と笑って同じようにお吸い物を口にする。

というのも、あの夜の騒動後から私は少しの間、四季の顔をまともに見られなくなっていたのだ。

（だってあんなに泣きじゃくったところを見られて、恥ずかしくて……っ）

笑ったり泣いたりと感情の振り幅が激しかったあげく、胸を貸してくれた四季の寝巻きは私の涙と鼻水で大惨事。四季はまったく気にしていなかったけれど、こちとら羞恥心でどうにかなりそうだった。

（もちろん理由の六割ぐらいは、それだけど）

あとひとつ、絶対に四季には言えない理由がある。

（まさか、こんなことになるだなんて……）

私は気づかないうちに、四季に特別な想いを抱いていたらしい。初めてだから正直自信がないけど、たぶんこういう気持ちって、恋とか好きとかそういう……。

「はあ～～～」

「え、依十ちゃんっ？」

長々とついたため息に四季が何事かと反応する。

こんな悶々とした悩みは、四季にだけは打ち明けられない。だからこそこの数日、自分の気持ちと向き合うために四季の顔はなるべく視界に入れずにいた。そして、自分なりにいったん区切りをつけたのである。

（私の気持ちの正体には触れない、深く考えない、意識しない。いつもどおり四季と接すること）

私は自分に課したルールを思い出し、うんと力強くうなずく。

そうでもしないといつかこの時代を離れる日が来たとき、自覚した気持ちを後悔しそうになる。だから今はそっと、胸にしまっておくことにしたのだ。

「そういえば、依十ちゃん」

「うん？」

四季は思案タイムから抜けた私に改めて声をかける。

さっきの挙動不審な私には深く突っ込まない配慮が本当にありがたい。

なんて思っていたところで、唐突に重大案件が投下された。

「時期が来たら君に花つがい役を頼みたいって話、十日後になりそうだけど平気？」

＊＊＊

——時は少し遡り、帝都・陰陽寮にて。

「法師人様！」

火ノ宮神社で奇妙な気配を発するあやかし夫婦と遭遇した朔は、その帰りに陰陽寮の廊下で部下から呼び止められた。

「どうかしたか？」

「中庭に人が倒れていて、珍妙な格好をしているのです！」

朔はぴくりと眉を動かし、気を引き締める。

結界が張られているにもかかわらずたやすく侵入していたあやかし夫婦がいるくらいだ。今日はなにやら胸騒ぎがすると思いながら朔は中庭に入る。

「……！」

中庭についてすぐ、朔は瞠目《どうもく》した。

確かに報告のとおり〝珍妙な服〟を着た人が倒れている。

腰まで伸びる黒髪に可憐《かれん》な顔立ちが印象的な若い女だった。

上下薄茶色の生地が使用された西洋風の衣服。胸もとには赤い薄手の布が結ばれている。下は行灯袴《あんどんばかま》のようにも見えるが、裾の位置がかなり上で短い作りになっていた。

「おい、しっかりしろ」

「……う……ここは？」

外傷もなく、意識がはっきりしてきた少女は上体を起こす。

「名は、なんという」

朔の問いに、少女はぼんやりとした様子で口を開いた。

「西ノ宮、櫻子」

名乗った少女の手には、古びた丸鏡と、銀色のロケットペンダントがあった。

第七話

鬼ノ国・妖都。

三つの城塞に囲まれたそこには、紅色に染まった建築物が目立つ華やかな街並みが広がる。そして、各領地で咲き誇る花々が一斉に集結し、別名・『花の都』と呼ばれ賑わっている。

そんな都の中央にそびえ立つのは、天王一族の居、城郭。

今宵は各領から領主が会し、宴が催されることになっている。

『天王家召集会』とも言われる一族の集いは、いつも次男の天王四季が不在のもとでおこなわれていた。

しかし今回、番を連れての出席ということで、城郭のあやかしたちは皆一様に注目しているのだった。

＊　＊　＊

花びらを模した髪の飾り、控えめだけれど華やかに彩られた顔の化粧、息を呑むほどに美しい色合いと刺繍の着物。頭には薄く透き通ったベールのような羽衣。

いつもの数倍時間をかけて支度を整えてもらった私は、幻楼閣の敷地内にある『天《てん》妖門《ようもん》』という場所に来ていた。

「ここから妖都に行くの？」

「そう。城郭の天妖門と繋がっているから一瞬で到着するよ」

普段の装いから正装風の和服に着替えた四季があっさりと答える。

私と同様に装飾や羽織りがいつもより数段きらびやかで、鬼面をつけた状態でもばっちりキマっていた。

「依十ちゃんの装い、その羽衣が春の精みたいですごく似合っているね」

「そ、そうかな。ありがとう。四季も、似合ってる」

さらっと褒め言葉を言ってくれる四季に、私もぎこちなく言葉を返した。

「……なんか緊張してる？」

「してる、すごくしてる」

花つがい役を引き受けたときは勢いもあったので深くは考えていなかったけれど、ここまで念入りにめかし込まれれば嫌でも緊張する。

国主である天王家の城郭にお邪魔するともなれば納得のいく装いなのだけれど、いかんせん慣れない。裾上げちゃんが支えてくれているけれど重い。重量というよりプレッシャーが。

「そう固くならないで大丈夫だよ」

「なるよ。だって四季に嫌がらせをしているきょうだいたちに会うんでしょ。私のことで四季が悪く言われたら嫌だもの」

「俺の心配をしてくれてたんだ？」

四季が嬉しそうに顔を覗き込んでくる。鬼面で表情がわからなくても、声や気配で感情がひしひしと伝わってきた。

こっちが拍子抜けするほど軽々しい態度の四季を見るに、私が変に警戒しすぎなのかもと思えてくる。

（無理に装っている感じでもないし。私の周りにいたのが櫻子とか双子だったからよくないイメージを持っていただけなのかな）

こんなふうに櫻子や双子を軽く考えられるようになったのもある意味では成長だ。

それから時間が来て、私と四季は天妖門の前に立つ。

妖力が多く働く転移術であるため、私の呪力が邪魔をしないように四季の腕に手を添えた。

「依十ちゃんがいるから、俺はきっとなんとも思わないよ」

その言葉を耳にしながら、私は天妖門をくぐり抜ける。

ハッと周囲を確認すると、もうそこは城郭の中だった。

「気分は悪くない？」

「うん、本当にあっという間だった。あやかし界と人間界を繋いでいるあの通り道に似ているんだね」

「中の造りは一緒だからねぇ。天妖門は国主のいる城郭と繋がっているから複雑なだけだよ」

高い天井とどこか冷気を帯びる廊下を、四季は迷いなく進んでいく。

辺りは妖気が充満しているのに、他のあやかしの姿はまったく見えなかった。梅花領の幻楼閣とは雰囲気がまるで違う。

「私はなにも話さずに横にいるだけでいいんだよね？」

「ああ。受け答えは俺がするから。そばにいてくれるだけでいいよ」

もう何度となく聞かされているけど、『そばにいてくれるだけで』と言葉にするときの四季はいつも心から随喜している。だから最近ふと気になってしまう。私がもとの時代に帰る日が来たら、どんな顔をするのだろうと。

それを想像すると胸中に影が落ちたような寂しさが立ち込めた。

（今は、目の前のことに集中しよう）

それからしばらく進んだところで、仰々しい柄で描かれた襖が目の前に現れた。

（中から、妖気が……）

高い妖力の気配を複数感じ、私はその場で居住まいを正す。

「開けるね」

そう言って四季は鬼面を被ったまま襖を開いた。

チカチカと鮮やかな灯りが視界に入る。その瞬間、室内にいた誰かの嘲笑が派手に響いた。

「ようやく来たなぁ、異端の半妖がよぉ」

聞こえた発言に私は羽衣の下で眉をひそめた。

召集会が催されるという大広間には畳が敷き詰められており、何畳なのか測り兼ねるほど広々としている。

奥には数人の人影があり、それぞれ段差の上に腰を下ろしてこちらを窺っていた。

「大変ご無沙汰しております。天王家が次男、天王四季。今宵の召集会に参じます」

四季は入室直後に聞こえてきた発言を無視して頭を下げる。

ここで形式的な礼を取ることは事前に教えてもらっていたので、私も同じく動きを合わせた。

「おいおい相変わらずだなぁ、半妖。鬱陶しい妖気を消せるようになったのかと思えば、やっぱりその辛気臭ぇ鬼面がなけりゃ制御できないんだなぁ」

「雨随《うずい》、お前も相変わらずだね」

ケラケラと笑い声をあげて近づいてきた鬼のあやかし――雨随と呼ばれる男は、四季の肩を叩いて鼻をくんと動かす。

筋骨逞しい腕が見える大胆な装いに、毛先がツンと硬そうな短髪をしている。

「しっかし妙だなぁおい？　前より抑制具の数は減ったみてぇなのに、妖力は安定してるじゃねぇか」

「雨随兄様、あまり近づくのはよしてください。以前とは妖力の出が違うとはいえ半妖ですもの。半端者であることには変わりませんわ」

続いて、何本もの簪を薄紅色の髪に挿す絢爛とした装いの美少女が扇子で口もとを隠しながら言う。

「雨随も牡丹《ぼたん》も物好き。半妖なんて気にしなければいい」

四季を侮辱するふたりに言い放ったのは、無口そうな印象を受ける男。

「お兄様と呼べ、清《せい》！」

「お姉様とお呼び、清ちゃん！」

三男の天王雨随、長女の天王牡丹、四男の天王清。

それぞれ各領の領主であり、四季の弟妹である。そして三人とも四季を見るからに蔑視していた。

（……四季って、半妖だったの？）

四季に対する数々の言葉にも言及したかったが、なによりもまずそこが気になった。

「ところで、その女がお前の番かぁ？　もったいぶって顔を隠してんなよ」

雨随の興味がいきなり私に移った。じろじろと上から下まで舐《な》めるように見られ、被っていた羽衣に手が伸ばされる。

「触るな」

が、羽衣が外される前に、四季は雨随の手首を掴んで制止した。

「はぁ？　なんだよお前。半妖が俺様に触ってんじゃねぇ」

「お前こそ、この子に気安く触ろうとしないでくれるかな」

ふたりの間でバチバチと火花が散る。

そのとき、奥の襖が開かれて新たに男が大広間に入ってきた。

「こらこら。家族でそのような口喧嘩《げんか》をするものではない」

ひときわ高い妖力の気配を感じる男は、朗らかな笑みを称えて場の空気をなだめる。

男の言葉に従うように四季は掴んだ手の力を緩め、雨随は四季から離れた。

「でも咲月《さづき》兄様、この男は半妖ですわ。いつも申し上げていますが我が天王家にふさわしいあやかしとは思えません」

牡丹が声高く告げる。

咲月——ということは、あの人が天王家長男で次期国主のあやかしだろうか。ほんの少しだけ四季と顔立ちが似ている気がした。

「四季は梅花領主としての務めを果たしているだろう。異形の多くを討伐し、皆と同じく天王家の責務を全うしているはずだ」

「わたくしが申し上げているのは、出自の話ですわ！」

「そうそう、咲月の兄貴は甘いぜ。半妖なんて、あやかしから半端者と馬鹿にされる。敬われる立場にある天王家のあやかしが敬意を持たれないなんて考えもんだぜ」

「そんなこと……っ」

先ほどからの聞くに耐えない嘲罵《ちょうば》に思わず口が出てしまっていた。

だって納得ができない。四季は幻楼閣で多くの配下に慕われている。皆が四季に恩を感じていて、敬意を持たないあやかしなんてひとりもいなかった。

それなのになぜここまで馬鹿にされないといけないのか。一方的に言われるさまがまるで現代にいた頃の私のようで、つい口を挟んでしまった。

「そんなこと……なんだよ、あぁ？」

途中で言葉を止めた私に、全員の視線が集中していた。

「……もしかして、お前は人間か？」

咲月は、じっとこちらを見据えたあとに確信めいた声で問う。

途端にぷっと肩を跳ね上げ、雨随がゲラゲラと笑い出した。

「おいおい人間だとぉ？　わざわざ生贄を着飾らせて召集会に連れてきたってのかぁ？」

「雨随兄様、そんなに笑っては可哀想ですわ。きっとわたくしたちが番はまだ迎えないのかとしつこくしていたから、生贄を連れてくるしかなかったのよ」

あやかしの生贄。昔はそうやってあやかしに娶《めと》られる人間が多くいたというのは授業で習った。

「生贄じゃなくて、番。依十ちゃんは俺の花つがいだよ」

四季がそっと私の肩を抱く。その拍子に、頭の羽衣がふわりと外れた。

「もう一度言う。この子は、花つがいだ」

しんと静寂が辺りを包み、一同揃って騒然としていた。

「ついに頭がおかしくなったか。番とは元来高位のあやかし同士が執りおこなう神聖な儀式。人間と番契約をするあやかしなんぞ歴史上存在しない」

清が饒舌《じょうぜつ》に言う。静かな語り口調ではあるけれど、あきらかに不機嫌な空気を纏わせていた。

私は視界が晴れた状態で視線を左右に動かす。

（……あの箱）

ほかに目を向ける余裕などない状況だけど、それでもある気配に吸い寄せられる。

目線の先には小箱があった。牡丹の傍らに置かれたそれから、なにやら嫌な感じがしたのだ。

「依十ちゃん、どうかした？」

きょうだいたちから罵詈雑言《ばりぞうごん》を浴びてもどこ吹く風な四季に、私は耳打ちした。

「あの箱から変な感じがする」

「牡丹のそばにあるやつだね？」

「そう、説明しにくいけど。なんだか寒気がするの」

「……牡丹、その横にある箱はなんだい？」

四季もなにかおかしな気を察したようで、牡丹に問いかけた。

「いきなりなによ？　これはわたくしが咲月兄様の手土産にと持参した貴重な妖具よ。下賤《げせん》な半妖に見せるものではないわ」

ふんと鼻を鳴らして牡丹がそっぽを向いた瞬間、箱の蓋がカタカタと小刻みに動き出した。

「妖具というわりには、随分と活きがいいようだね」

「なっ!?」

牡丹は箱を見てぎょっと驚いた。口もとを隠していた扇子をすぐさま閉じ、警戒した様子で自分が座っていた段から降りる。それから手を翳《かざ》し、桃色の炎を箱に向けて容赦なく当てるが、すべて不自然に跳ね返されていた。

「なによこれ〜っ」

そのとき、ガタガタと震えていた蓋がひとりでに外れると、ヒュンッとなにかが中から素早く飛び出した。

「おわっ、んだぁこれ？」

「……殺《や》る？」

「お前たち、無闇に手を出すんじゃない。あれは、呪いだ」

妖気を発して威嚇する雨随と清を咲月がひと声で止めた。呪いだと断言された謎の物体は床や天井へ跳ね返り、私の目の前に迫りきた。

「わっ」

「依十ちゃん！」

四季が私をかばうように立ったのと、私が謎の物体を思わず両手でぱちんと叩いたのはほぼ同時だった。

謎の物体は「ギュッ」と潰れたカエルのような声をあげ、しゅるしゅると黒い煙を発しながら消えていく。私の手のひらには、その名残りの黒いシミが残っていた。

「手を見せて！」

手首を力強く引かれ、四季は鬼気迫った様子で私の手を確認した。

「ご、ごめん。目の前に来たから、つい手で……」

「痛みは？　体になにか違和感は？」

「今のところないみたい」

数秒すると、黒いシミは蒸気が空中へ舞い上がるように私の手のひらから跡形もなくなった。

「四季、その人間は何者だ？　呪いを祓《はら》ったように見えたが」

突然の乱入者（？）が消滅したことで、大広間には沈黙が降りていた。

驚愕、呆然、疑惑。さまざまな視線が私を突き刺し、なんとも言えない気まずい空気が立ち込める。

「いいや聞くまでもない。人間のお客人、お前は……陰陽師だな？」

咲月から放たれた静かな気迫に、私は圧倒されごくりと唾を呑み込んだ。

第八話

現し世と隣り合う世界、幽世。

統治するのは御三妖、鬼の天王家・九尾の水無月家・天狗の夜霞家。

各国はそれぞれ規律を定め巡視し、均衡を保ちながらあやかし界を比較的平和に治めている。

しかし近年、どの国も同じような問題に頭を悩ませていた。

それが〝裂け目〟である。

裂け目とは、現し世と幽世の境界が曖昧になり、負の引力に傾いた際に発生するふたつの世界を行き来できる出入り口だ。自然発生とされているが、その原因は主に〝負〟の増加であった。

裂け目は幽世と現し世のどちらにも発生し、そこから異形が流れ込んできたりと、それぞれの世界の民の生活を脅かしていた。そして近頃、裂け目から侵入してきた陰陽師によってあやかしに危害が加えられる事例が頻発していた。

あやかしと異形の区別がはっきりついていない人間たちにとって、人ならざるものは屠《ほふ》るべき対象であり、長い年月の中で両者が理解し合えたことはなかった。

＊＊＊

妖具に憑いていた呪いの発生により、急遽延期が決まった天王家召集会の次の日、私と四季はふたたび妖都・城郭に訪れていた。

理由はもちろん昨夜の件について咲月に呼び出されたのである。

「……で、なんでお前は陰陽師の女を囲ってんだぁ？」

雨随がどすの利いた声音を響かせる。天王家召集会は延期になったというのに、事の詳細を求めてこの場には領主が勢揃いしていた。

「囲ってはいないよ。以前、裂け目の近くで保護してね。それからは梅花領の楼閣で暮らしてもらっているんだ」

「なぜ陰陽師があやかしに……いや、お前は半妖であるが、保護される事態になっている」

清がこちらを訝しげに睨む。続いて牡丹は扇子を顎に添えてふんと息巻いた。

「大した力のない証拠よ。なにを血迷ったのか知らないけど、陰陽師を花つがいだと言い張るなんてわたくしは認めないわ」

「はなから認めてもらう気はない。俺は自分の花つがいを連れてきた。それだけだよ。牡丹に意見を求めていないし、その発言すべてが余計なお世話だね」

「な、なんですって⁉」

四季がにっこりと口もとを微笑ませると、牡丹は顔を真っ赤にさせて目を吊り上げた。直後、咲月の泰然とした声が響く。

「皆、静粛に。人間の陰陽師だというのには度肝を抜かれたが、四季が番と呼べる娘に出会えたのは喜ばしい限りだ」

「そんなっ……陰陽師はわたくしたちの敵なのよ、咲月兄様！」

「咲月兄さんは話が早くて助かるな」

「……しかし気になることがある。その娘は本当に、四季の妖力には影響されないの
か？」

咲月はじっと視線を私に固定した。彼からこちらを探るようなもやもやとした妖力
の動きを感じる。
「依十ちゃんは、抑制具を外してもなにも変わらないよ」
一同、驚いたように息を呑んだ。
この人たちは四季が鬼面を取った状態を見たことがないという話だ。それでも高い
妖力を宿しているがために、ずっと嫌悪感はあったのだろう。昨日に引き続き、長男
以外の態度からはそう思わせるあからさまな空気がある。
（というか、たんに四季が自分の力を制御できないからというよりも……〝半妖〟だ
から四季を異端視している感じだよね）
昨日は四季が半妖だと知り多少の驚きはあったが、むしろ現代では両親が人間とあ

やかしだという人はたくさんいたのであまり気にならなかった。

それをそのまま四季に伝えたら『依十ちゃんならそう言ってくれると思ってた』と、またしても嬉しそうにされたけれど。

しかしこの時代において、半妖は〝どちらにもなれない半端者〟として扱われてしまう。幻楼閣のあやかしたちの生い立ちを含め、現代で蔑称用語とされているのも納得の態度だった。

「昨夜、四季の妖力が安定したように感じたのも気のせいではなく、その娘のおかげだというわけか？」

「だからこそ俺の花つがいとして紹介しようとここに連れてきたんだ」

「人間の女を花つがいとは、やはり異端だ」

清は嘆かわしいと言いたげに表情をゆがめた。

「皆、そう悲観するな。この娘が陰陽師であるからこその益もあるはずだろう」

「確かになぁ。最近現し世の陰陽師どもがきなくせぇ動きをしやがるし、この女を駒にしてこっちが優位に――」

「悪いけど、依十ちゃんを国の情勢のために利用するつもりはないよ」

四季は雨随の言葉をばっさりと遮った。そして視線を咲月に向ける。

「おや、そうなのか」

口には出していないけれど、まったく驚いていないのか咲月の表情はほぼ変わらない。

「……てめぇざけんなよ半妖！　じゃあなんのためにその女をそばに置いてやがる！　まさか本当にてめぇのためだけの花つがいっていうのかよ！」

雨随のキレ散らかしように肝が冷えていく。

四季は魅了の力に影響されない私がそばにいることだけを本当に望んでいて、基本的にそれ以外を要求したことはない。妖力安定化による魅了の緩和をなによりも重視し、同時に番のことをうるさく言ってくるきょうだいへの牽制《けんせい》が目的なのである。

「雨随、俺はただ誰かがそばにいる幸せを知りたかった。そして今はその幸せをもっと知りたいと思ってる。……時間が許す限りね」

不意に話された四季の胸の内に、少し驚いて横を見上げた。

「幸せだぁ？　ハンッ、なに寒いセリフを言ってやがるてめぇ」

「理解しがたい」

「女々しいことこの上ありませんわ」

それぞれの小馬鹿にした反応に、私は思わずムッとしてしまう。

きっとこの人たちは知らないのだ。誰もそばにいないひとりぼっちの孤独や寂しさ、耐えるしかない苦しみを。

しかし四季はきょうだいたちの言葉を気にも留めず、いつもどおりの飄々とした態度で続けた。

「俺は気持ちを変える気はない。もちろん最初はただ俺の力に左右されないこの子が必要だった。そんな中でたわいない戯れにも付き合わせた。想像していたよりもひどく愉快で楽しい毎日だったよ。だけど今はそれ以上に――」

四季はきょうだいたちに向けていた視線を、隣に立つ私にゆっくりと移した。

「依十ちゃんと過ごす時間が好きだ。その日々がなによりも心地よく、なによりも大切にしたい」

「……っ」

声に乗せられたまっすぐで誠実な言葉。これまでの時間をすべて宝物のように語る姿に切なさが込み上げる。

（そんなふうに思ってくれていたの？）

自分の気持ちを自覚し始めて、それを悟られないように平静を装っているところなのに。また、新たに自覚してしまう。

（私も大切になっている。四季や、幻楼閣のあやかしたちと暮らす日々が）

けれどその心を知る由もないきょうだいたちは、やはり四季を馬鹿にした口ぶりで罵っていた。唯一、咲月は何度か窘《たしな》めていたけれど、最終的には呆れた様子で静観している。

「陰陽師だというのに利用せず置いておくだけとは意味がわからない」

「本当にそうよねぇ清ちゃん。わたくしだったら呪物祓いをさせますのに。昨夜の贈り物に潜んでいた呪いといい、このあやかし界にどれだけ呪いが転がっていると思いますの？　咲月兄様も甘いですわ、いい加減こんな男など廃すればよろしいのに」

どうやらあやかし界には、昔から負の影響による呪物がいくつも確認され、発見した国々が厳重に保管をしているらしい。呪い関連は呪力を持つ陰陽師のみが知るところであり、あやかしには対処不可能だという。

だから陰陽師の私を利用したいと目論むこの人たちの主張は理解できる。そんな気はいっさいないと拒否した四季に思うところがあるのも。でも、だからって。

「結局、半妖のてめぇはどこまでいっても役立たずに成り下がるのが似合いってことだろ」

……そこまで言われなきゃいけないの？

散々四季を蔑ろにしたあげく、狙いどおりにいかないとわかればこの態度。

（ああ、なんだか美鈴と美玲を思い出す）

これまでも四季は好き勝手言われてきたはずなのに、私のことでさらにひどい言葉を吐かれてしまうのだろうか。

（どうしよう、腹が立ってきた）

けれども、四季はまったく気にしていない素振りで早くこの謁見を終わらせようとしている。なのに私が個人的な感情でこの場を乱してはいけない。

わかっている。もう少しの辛抱だ。もう少しの……。

「あーくだらねぇ。こんなやつ、延期になった召集会にも参加する必要ねぇだろ。相変わらずなようだしなぁ。つーわけで、さっさと消えろよ腑抜《ふぬ》けが」

辛抱は、長く続かなかった。私は雨随に視線を投げると、真一文字に結んでいた口を開いた。

「役立たずの、腰抜け……なわけないでしょ」

「あぁ？」

「鬼門に位置した領地はほかよりも異形が出現しやすいって聞きました。それを毎回しっかり対処して領主の務めをこなしている。それに私をいつも助けてくれる恩人で、楼閣中のあやかしたちに慕われています。そんな人が役立たずの腰抜けなわけないでしょ！」

私が呪物祓いのできる陰陽師だったら、もう少し対応が変わっていたのだろうか。陰陽師としての力が発揮できれば、四季の扱いや立場も違ってくるのかな。

(現代では絶対に考えなかったけど)

けれど陰陽師の私をそばに置くことで四季がこのようなひどい反感を買ってしまう

くらいなら、私は……。

「てめぇ、誰に向かって口ごたえしてやがんだぁ？　異端な半妖に助けられるような陰陽師の人間なんて俺様がひとひねりにしてやってもいいんだぜ？」

「雨随、言葉には気をつけろ」

手からメラメラと燃え上がる青色の炎を出した雨随は、瞳をカッと見開いて私を睨んだ。四季からはピリッとした妖気の動きが感じられ、一触即発になりそうな空気に――。

「だったら私が呪物祓いをすればいいんですよね!?」

「え、依十ちゃんっ？」

私の口から出た盛大な啖呵《たんか》のあと、焦った四季の視線を感じた。

しかし感情の制御がかなり緩くなった今の私に遮るものはなにもないに等しく、雨随に食ってかかっていた。

「さっきから異端だの半妖だのそればっかり。その言葉にだって〝負〟が含まれているはずでしょ。異形や裂け目の出現を気にするならまずご自分の発言を改めたらどうですか」

「……なっ、てめぇ！」

数秒の間のあと、顔を真っ赤にした雨随は袖をまくりながら私に駆け寄ろうとしていた。

「はははは！　まさか雨随にそのような言い草をする娘がいるとは驚いた。四季は本当に変わった人間を拾ったのだな」

身構えていたところで、咲月の笑い声が大広間に轟いた。あまりにも愉快そうな笑みを前にして、怒りをあらわにしていた雨随はぽかんと口を開けている。

彼だけではなく、この場にいる天王家のきょうだいたちは揃って驚愕の様子だった。

「咲月兄さんがあんなに声をあげて笑うなんて……」

鬼面をつけている四季も戸惑いを含んだ声でこう言っている。

常に落ち着いた表情を保ち一歩下がって静観していた咲月は、普段こんなふうに笑い転げる人物ではないのだろうか。

「よろしい、人間のお客人。いや、依十羽といったか」

「は、はい」

「そうまで言うならお前には呪物祓いの任を命じよう。だが昨夜の様子を見るに、陰陽師の能力を扱うにはいささか不安があるのだろう。であるならば、現し世の『陰《おん》陽塾《みょうじゅく》』に通うといい」

……陰陽塾。それって陰陽師が開いていた学校のようなもの、だよね？

「私が陰陽塾に？」

「ツテならば四季が持っているであろうからな」

咲月は私と横にいる四季を見て、にこりと口角を上げた。


「本当にごめんなさい！」

妖都・城郭をあとにした私は、幻楼閣に戻った途端、四季に深々と頭を下げて謝罪した。

「こらこら頭を上げてよ依十ちゃん。なんだか前にも見たような格好だなぁ」

梅花の間の畳の上で額をこすりつける私に、四季はどこか嬉しさを隠しきれない顔をしている。

自分勝手な行動が招いた事態に申し訳なくて頭も上げられない。

なぜあそこまで熱くなっていたかというと、四季を蔑ろにされて腹が立ったからなのだけれど。感情に任せてあんなふうに意見してしまうとは思っていなかった。

「陰陽塾の件は確かに驚いたけど、君が怒ってくれて俺は嬉しかった。あと、そろそろ土下座はおしまい」

優しく手を差し伸べてくる四季に形容しがたい気持ちになった。

「……私って短気なのかもしれない」

「短気って、君が？　ふ、あははは っ」

きょとんと瞬いたあと、四季はお腹を抱えて笑い出した。

「え、笑うところ⁉」

「真面目な顔でなにを言い出すかと思えば、依十ちゃんが短気だったらあの雨随はどうなるんだ」

「あの人も短気、だね」

おそるおそる答えると、四季はふたたび笑い転げる。今の発言のどこにウケる要素があったのかわからない。

「はー、本当に面白いなぁ。依十ちゃんと雨随が一緒なわけないでしょ。君の怒りは短気とかじゃなくて俺を思ってのこと。そういうのは情に深いっていうんだ」

「そう、なの？」

四季はまたクスッと笑い今度こそ手を差し伸べ、床に置いていた私の手を取った。

「君はずっと自分に呪いをかけていた。呪力や感情を抑え込む呪いをね。だけどそれが解かれて、君は以前よりもっと感情の幅が広がったんだ」

「……感情の幅」

現代では無理に閉じ込めていた反動で鈍感になっていた部分なのかもしれない。しかし感情の幅が広がったためにあのように我が強くなってしまうのは考えものだ。

「あまり難しく考えないで。俺が言いたいのは、俺のために怒ってくれてありがとうってことだよ。少しぐらい猪突猛進《ちょとつもうしん》になったっていいんじゃないかな」

「…………」

(猪突猛進って思ってるじゃん)

でもそのとおりなので反論はせず胸に留めておいた。

その後、私と四季はそれぞれ座り直し、今後のことを話し合った。

「呪物祓いの話だけど、依十ちゃんが売り言葉に買い言葉で言ってしまったなら、今からでも取り消せるよ」

「それって、なかったことにするってこと?」

「依十ちゃんは先の世で陰陽師だと隠して生きてきた。それなのに今回の件で君の尊厳を踏みにじりたくはない。いずれもとの時代に戻ったとき、能力が扱えるようになったことで君が生きづらくなるのは嫌なんだ」

四季はほんのりと寂しそうな目をして言った。

確かに現代にいた頃の私なら陰陽師の力を扱うなんてもってのほかだった。しかし今は、気持ちに大きな変化が生まれている。

「私ね、もう少しちゃんと陰陽師のことを知りたいの。現代では叶わなかったけど、ここでは力の使い方を学べる。それってきっと今しかできないことだから」

教科書やネットの情報でしか知らなかった陰陽師だが、この時代には多くの人が生きている。だからこそ自分のルーツを深く知りたいと初めて思った。

もちろんタイムスリップの原因や、火ノ宮神社で書かれていた陰陽師の宝、謎の丸鏡について調べるという目的もある。

そして四季に恩を返すという意味を込めても、さまざまな観点から学べそうな陰陽塾に行くのはいい機会なのではと考えた。

「……うん、わかった。君がそう言うなら、俺はなんでも力を貸すよ。もとの時代に戻るための手がかりが見つかるかもしれないからね」

少し間を空けたあとで、四季は深くうなずいた。

「ありがとう、四季」

ほんのりと複雑そうな表情を浮かべているようにも見えたが、ぱっと切り替えるように四季はいつもの笑みに戻した。

「となると、まずは陰陽塾に通わないと始まらないな。じつは、その辺りは俺よりも頼りになるやつがいてね」

「そういえば四季のお兄さんもツテがあるとか言っていたよね」

頼りになる人というのは誰だろうかと考えていると、襖の外から元気な声が響いた。

「四季様、叉可様がいらっしゃいましたので客間にご案内しました！」

「わかった、向かうよ」

四季が了承すると風鬼ちゃんの足音がぱたぱたと遠のいていった。

それから彼は立ち上がって鬼面を被り、私に説明する。

「依十ちゃん。今話していたツテって叉可のことなんだ。彼は幽世と現し世を行き来して生業をする商人でね。現し世にもいくつか家名を持ってる」

「叉可さんが？」

四季とはまた違ったタイプで飄々とした印象があった叉可さん。

立派な着物をすぐに用意してくれたり、この時代ではまだ珍しい外国への渡航をしていたり、只者《ただもの》ではなさそうな雰囲気はあったけれど。

まさか陰陽師関連のツテもあったとは驚きだった。

第九話

緋袴《ひばかま》が暖かいそよ風を受けてはらりと揺れる。

帝都を彩っていた桜の木は少しずつ姿を変え、小さな若葉が見え始めた。

この時代にやってきて二ヶ月が経過し、人間界の季節は現代にいた頃に追いつこうとしていた。

どこを切り取っても明治の世、街は平日休日関係なく人々であふれかえっている。雑踏の喧騒《けんそう》に呑み込まれそうになるけれど、今は私もその一部なのだろう。

ふと大通りに目を向ければ、可愛らしい流行りの着物に、海老茶色の行灯袴、編み上げブーツを履いた女学生たちが楽しげに歩いていた。

「あ〜あ〜」

何気なく目で追っていると、すぐ隣から盛大なため息が聞こえてきた。

「いいわよね編み上げブーツって。アタシたちも草履よりそっちのほうがいいのに。修業生用の陰陽服はまあまあ可愛いけど、足もとは古臭いっていうか」

私の隣を歩いていた巫女《みこ》装束に似た陰陽服を着用する少女、蝶々《ちょうちょう》ちゃんはぱっちりとした猫目を細めてうんざりといった様子で言った。合間に自分の指でくるくると長い髪の先を巻きつけ弄んでいる。

「修行服なんだからべつに小洒落てなくたってよくねえ？」

「それは同意見。君も珍しくまともなこと言うね」

「珍しくは余計だろ！」

私たちの後ろを歩く濃い浅葱色の陰陽服を着た少年ふたり。癖のある無造作な橙髪の龍之介《りゅうのすけ》くんと青緑髪を後ろで短く結んだ聖《ひじり》くんの言葉に、蝶々ちゃんはさらにため息を深くする。

「チッ、男どもはわかってないわ。ねえ、依十羽？」

「え」

完全に聞き手に回っていたのに話を振られ、私は苦笑いを浮かべた。

「私もお洒落には詳しくなくて、よくわからないなぁ……」

「三対一。陰陽修業生はまず勉学を優先しなよ」

ふふんと鼻を鳴らして得意げな聖くんに、蝶々ちゃんは納得がいかない顔だ。

「嘘でしょ〜！　これでもアタシたち、花も恥じらうなんとやらなのに。詳しくなくても興味はあるわよね。ね、ね？」

「興味はなくはないけど……」

自分に似合うものとか、どの色が好きだとかはあんまりこだわりがないというか。前までは古着しか着ていなかったわけだし。

「君、花も恥じらう乙女と言いたかったの？　よく自分で言えたものだね。それと強要はよくない。依十羽さんが困っているじゃないか」

「あんたこそ目上に対する言葉がなっていないのよ。依十羽は興味なくはないって言ったでしょ。だったらアタシが依十羽にお洒落の極意を伝授するわ。お化粧とかお化粧とか！」

「なんだよ。結局それがしたかっただけね―」

「べつにいいじゃないの。堅苦しい陰陽道ばかり頭に詰め込んでいたら息が詰まるわ。友達とくらい年相応に着飾って遊びたいの！」

友達、と聞いて私は内心照れてしまった。

同い年の蝶々ちゃんと龍之介くん、ひとつ下の聖くんの三人は、叉可さんの協力のおかげもあって通い始めた陰陽塾の同期生である。

話してみるとわかるように、時代は違えどノリは同世代といった感じで、人付き合いを避けていた私にとっては初めての友達だった。

「それじゃあ私はこれで。また明後日ね」

「ちょっと依十羽、お化粧はどうするのよ～！」

「それはまた今度でっ」

三人に見送られながら私は大通りを抜けて小路に入り、そこからさらに路地へと進んだ。

（ここは右で、こっちは左、また右に曲がって……）

レンガや石造りのレトロな建築が立ち並ぶ帝都の中心とは異なり、この辺りはまだ趣ある和の文化が残っている。いくつもの十字路で重なる通りを四季に言われたとおりの道順で進んでいくと、行き止まりに到達した。

そこには不自然にぽつんと建てられた小さな赤鳥居がある。

妖術が施されているため通常は目視できないという赤鳥居の前に立ち、息を整えて柱間に手を伸ばした。そのままゆっくりと足を前に踏み出せば——もうそこは、見慣れたあやかし界だった。

「依十ちゃん、おかえり」

崖の上にある梅の木に背を預けた四季が、ゆっくりと木陰から出てきた。

「ただいま、四季」

週に三回の陰陽塾。その移動手段として、幻楼閣からほど近い崖の上の赤鳥居を使用している。四季はいつもこうして私の送り迎えをしてくれていた。

人間界の陰陽塾で陰陽道を学び、帰る場所はあやかし界。ふたつの世界を行き来するのが、最近の私の日常である。

「や〜花つがい様。陰陽服がよくお似合いで」

「叉可さん、こんにちは」

幻楼閣に帰ってくると、遊びに来ていたらしい叉可さんが庭園の縁側でくつろいでいた。

「聞いてはいたけど妖従ではなく本当に領主さんが送迎しているのか～。いやはや仲がよろしくて微笑ましい」

「叉可こそ最近よく来てくれるけど、君って暇なの？」

「これは立派な休息ですからお気になさらず」

「まあ構わないけどね。お茶を用意するよ」

四季も満更ではない様子で肩をすくめていた。

前に叉可さんは四季との関係を旧知の仲と言っていたけど、やっぱり私には気心の知れた友人同士に見える。四季の妖力が安定してきたことで、より気軽に遊びに来られるようになったのではないだろうか。

それから四季と私、叉可さんの順で縁側に腰かけ、使用人が用意してくれたお茶と和菓子に手をつけながらまったりと歓談していた。

「ほうほう、陰陽塾は順調かい。そりゃあよかったわ」

「叉可のおかげだよ。相談を持ちかけた次の日にはもう依十ちゃんが陰陽塾に通えるように手を回してくれて、君には頭が上がらないな」

湯呑みから口を離した叉可さんはご機嫌な様子で笑い、それに対して四季は深くうなずきお礼を述べていた。

私も四季に倣って感謝を伝える。

「本当にありがとうございます、叉可さん」

「礼なら領主さんに言っておくれ。いつもご贔屓にしてもらっているお礼も含まれていますし、ぼくはただできることをしたまでですからな～」

叉可さんはにこにこと笑って菓子を食べていた。

なんてことないような素振りをしているけど、蛇のあやかしである叉可さんの一族が人間界で生業を営み、うまく溶け込んでいるからこそのツテだったのだ。

「座学もかなり進んでいて、呪物祓いの実践に入るそうだね」

と、四季がふたたび話題を振ってくる。

「うん。その前に……明後日は、式神召喚があるんだけど」

「そりゃあすごい！　花つがい様の式神はどんな姿ですかね。ほらあれ、昔の偉い大陰陽師は十二傑っていう十二体の式神を従えていたんでしょう？」

「……そうですね。座学で最初に習うのがその陰陽始祖様のことなんですけど、すごい人だったみたいです」

興味津々の叉可さんを前に、私は曖昧に笑って返す。

その直後、叉可さんの足もとに一匹の小さな白蛇がやってきた。

「うん？　ふんふん、こりゃまいった」

ちろちろと舌先を伸ばした白蛇に触れ、首を縦に動かしていた叉可さんは困ったように笑った。

「なにか急用かな。その子、叉可の妖従みたいだけど」

「そうらしいですわ。せっかく楽しいお話の場でしたのに残念だ。おふたりとも、また改めてお邪魔させてもらいます」

「はい、また」

叉可さんは少々名残惜しそうにしながら足早に去っていった。

賑やかな客人がいなくなり、私たちの間には一瞬だけ沈黙が落ちる。

最初に口を開いたのは四季だ。

「式神召喚が不安？」

「えっ」

びくりと肩が跳ね上がる。驚いて隣に目を向けると、鬼面を上にずらした四季と視線が重なった。思わずふっと口から空気が漏れる。

「……本当に、四季はすごいなあ」

すべてお見通しと言わんばかりの様子に肩の力が抜けていく。隠していても仕方がないので、私は正直に思いの丈を告げた。

「式神召喚って、陰陽塾では絶対に肆階《しかい》級以上の陰陽師がそばについていないといけないんだって。だからそれまでは召喚用術方式の書き方も、和紙札も配られなくてね。前日に試しにこっそり喚んでみることもできないし」

「うん、それで？」

うまくまとまらないまま話し始めてしまった私に、四季は口を挟まずただ柔らかく相槌《あいづち》を返してくれる。

「……私の式神は、きっと今でもコンとポンなの。小さい頃に和紙札を破ったきりになったけど、契約自体は解消していないから」

「あのまるまるとした可愛い狐と狸の式神だね」

「そっか。四季はコンとポンがどんな姿をしているのか知ってるんだよね」

青鱗の鯉との騒動後、四季からは純白の獏のことを聞いていた。

なんでも私の悲しい思い出を食べていたらしく、四季は純白の獏が落とした涙結晶で私の過去を少しだけ覗いてしまったのだという。

ちなみに以前私の部屋に現れた毛深い異形も、その純白の獏が落とした涙結晶の気配につられてやってきたのではないかという話だけど、思い出を食べられている自覚がなかった私としては勘弁してほしかった。

純白の獏はさておき、今私が悩んでいるのは、式神のコンとポンのことだ。

契約が解消されていないとなれば、おそらく召喚で喚び寄せるのはあの子たちになる。よっぽどのことがない限り式神は契約者のもとに出てくるけれど、私の場合はどうなるのだろう。

「小さい頃、あの子たちに大嫌いって伝えたきりなの。和紙札を破りながら『もう出てこないで！』とも言った。あんなにひどい突き放し方をしたのに、コンとポンは、私に会ってくれるのかな」

嫌われても仕方がない真似をしてしまった。コンとポンになにを言われるのか考えると正直とても怖い。

「……俺は陰陽師ではないから、式神をすべて理解するのは難しい。でもね、依十ちゃん。ちょっとこっちを見て」

いつの間にか地面に落ちていた視線が、四季の言葉で前に向く。

そこには、ぽつんと座り込む不思議な動物がいた。

「俺の妖従、カグレだよ。性格的にあまりほかの者に懐かない子でね、だからこうして君に会わせるのは初めてだったかな」

黒い影を体に纏わせたカグレは狼のような姿形をしている。額からは短い角が生えており、尻尾の真ん中から毛先にかけて黒い炎がほわほわと燃え続けていた。

「カグレ、この子が依十ちゃんだ」

手招きされたカグレは尻尾を左右に揺らしながら歩いてきて、私と四季の目の前でふたたびお座りをする。

「は、はじめまして」

　挨拶をすれば、カグレは瞳を細めて「ぐるるる」と声を出していた。頭にちょっとだけ触ることもできた。

「……驚いたな。依十ちゃんのことは平気みたいだ」

　四季は目を見張り、カグレの体を撫でながら話を続けた。

「妖従は契約者の感情に敏感で、乱れはいち早く察知する。契約時に分け与えた妖力を通じてこっちの気持ちを汲《く》もうとしてくるんだ。同じく契約する式神も似たようなものだと思うんだけど、どうかな」

「同じ。コンとポンは私の心を読んで、あのとき守ろうとしてくれた」

「なら、そこまで心配はいらないよ。契約者の感情を察してくれる式神なら、依十ちゃんの本心もわかってくれてる。きっと君に会いたいと思っているはずだ」

だから大丈夫だ、と四季は断言する。私はびっくりするほど単純で、そう言われただけで本当に大丈夫な気がした。

「四季、ありがとう。私、やっぱりコンとポンに会いたい。うじうじ考えてばかりいないで、とりあえずやってみるね」

　それを聞いた四季は、眉間を開いて嬉しそうに口角を上げた。

「応援してる。ところで召喚は、何人程度がおこなうものなの？」

「聖くん以外は全員だって聞いたから、十人かな」

「……聖くん？」

「ほら、入塾してから話しかけてくれる塾生が何人かいるって言ったでしょ。聖くんはそのひとりで、実家が陰陽師家系なんだって」

基本、陰陽師家系出身の者は、幼い頃から陰陽道を教え込まれることがほとんどだという。しかし各家門の意向によっては成長過程に合わせて陰陽塾に通わせる親も多いらしく、私の組では半数以上が陰陽師家系出身の塾生だ。

聖くんも陰陽塾に通ってはいるものの、すでに式神召喚を終わらせているらしい。

「入塾前は緊張していたけど、もう名前を呼び合うくらい仲良くなれたんだね」

「まだちょっと緊張するときもあるけどね……」

入塾後に蝶々ちゃんから『堅苦しい呼び方は嫌よ』と言われてしまったため、自然と名前で呼び合うようになった。

「……いい友達にも恵まれたんだね。楽しく通えているなら安心したよ」

「協力してくれた叉可さんと、四季のおかげだよ」

言葉どおりほっとした様子の四季に、私も笑みを返した。

四季に背を押されて迎えた、式神召喚の日。

「よしっ」

大通りを抜けた先の帝都中心部、巨大な大鳥居を構える陰陽大社を前にして、私は小さく意気込んだ。

陰陽塾は、大社敷地内にある陰陽寮に併設されている。

大鳥居をくぐってまっすぐ舗装路を歩き、見えてきた十字路を左に曲がったあと、脇にある仕切り門を通って進んだところに学舎があった。太極図や陰陽寮の紋節が掲げられている。

「依十羽、おはよ〜。あんたはいつも早いわね」

「おはよう、蝶々ちゃん。みんなも、今日はいつもより来るのが早いね」

講義室に入ると、先に来ていた蝶々ちゃんに満面の笑みで出迎えられる。さらに後ろの席に腰を下ろした龍之介くんと聖くんが、手をあげたり会釈をしたりと各々挨拶をしてくれた。

「やっぱ式神召喚といったら居ても立ってもいられねーじゃん？　どんな相棒が出てくるのか楽しみだわ」

「そんなに力んでいると、召喚中に身が持たないよ」

召喚を前にして気分を高揚させる龍之介くん。その隣の席に座っている聖くんは、落ち着き払った面持ちで注意する。

「へいへい。お前はいいよな、契約済みだから高みの見物ができてさ」

「君たちがヘマしないように心配しているんじゃないかっ」

会話に交ざりながらも書物に目を通していた聖くんは、ぷいっとそっぽを向いてしまった。

そのとき、講義室の扉が開かれて、どこか見覚えのある男が入ってきた。

「え……」

「あの人ってまさか」

室内がざわざわとしだして、塾生たちの視線は現れたその人に釘《くぎ》付けになる。

「法師人様⁉」

隣にいた蝶々ちゃんの驚愕した様子に、私もあっと声を出す。

(確か、前に火ノ宮神社で会った……陰陽寮の英雄、法師人朔⁉)

思い出した途端、体中の血の気がひゅっと引いたような感覚がした。反射的に顔をうつむかせた私は、心臓をドキドキとさせながら石のように固まる。

「塾生、全員揃っているようだな。本日の式神召喚、代理として担当する法師人朔だ。急な人員変更で戸惑うだろうが、階級は弐を授与しているから皆安心して式神の召喚に臨んでほしい」

生真面目に挨拶をする法師人朔を前に、塾生たちはぽかんと口を開けていた。

その後、さっそく講義室から屋外に移動した私たちは、代理講師の法師人朔が地面に喚び寄せの術方式を描くまでの間、大人しく待機していた。

「もう驚いたわ！　まさか法師人様にお会いできるだなんて！」

「すっげー、あれが陰陽寮の英雄様か。見た目から只者じゃない雰囲気だよな」

話題の本人を遠目に見ながら、蝶々ちゃんと龍之介くんは興奮気味に話している。

「それもそうだけど、あの整いすぎた顔立ち！　本当に同じ人間なのかと思えてくるわ。『美貌の君』なんて異名があるくらい乙女の憧れ中の憧れよ！　ねぇ依十羽！」

「あ、うん。そうだね、うん」

「依十羽!?」

髪の束を頬の横に持ってきて顔を隠すようにしながら小さく答えると、蝶々ちゃんはぎょっとして目を剥いた。

「ちょっとあんたどうしたの」

「なんでもない……なんでも……」

「なんでもない様子じゃなくね？」

蝶々ちゃんと龍之介くんの言葉が耳からすり抜けてしまうくらい、今の私は気が動転していた。

(どうして法師人朔が、代理講師なの!?)

火ノ宮神社を散策中に鉢合わせたときの記憶が鮮明によみがえってくる。

塾生になってわかったことだけど、法師人朔は陰陽道を志す若者にとっては大人気の陰陽師であり、憧れの対象なのだという。

しかし雲の上の存在にも等しく、同じ敷地内とはいえ陰陽寮と陰陽塾はそれぞれ広い塀で囲まれているため絶対に関わることのない人物だと聞いていた。

「あんなに間近で法師人朔様のお顔を見られるだなんてツイてるわ～」

(全然ツイてない!)

思わず蝶々ちゃんの言葉に内心突っ込んでしまった。

「なに、お前ってそんなに熱狂的な信者だったのかよ」

少し興奮が収まった龍之介くんの問いに蝶々ちゃんは答える。

「信者だなんて失礼ね。言っておくけどアタシの反応は年頃の乙女にとってはごく普通なんだから。あ、もしかして依十羽、感激して声も出ない感じ?」

「うん、そうなの……びっくりして。見慣れない人だから、なんだか直視するのが恐れ多くて」

感激とはまったく違う理由だが、そういうことにしてもらおう。

あのとき私の顔をあまり見られないように四季が抱き寄せていたとはいえ、一瞬だけお互い言葉を交わした。それを考えると、ただただ不安である。

そうしている間に塾生の名前が呼ばれ始めた。

流れとしては、和紙札を手渡されたあとに術方式の上に立ち、細い針を指に刺して少量の血を和紙札と地面に付着させる。しかしこれは初めて式神召喚をおこなうときの手順であり、すでに契約している場合は和紙札に呪力を込めるだけでいい。

そして契約済みの場合でも、塾生は講師に式神を確認してもらわなければいけなかった。

(緊張で吐きそう……)

目の前では塾生が次々と式神を召喚し、無事契約に至れていた。もっとしっかり見学したかったのに、なるべく顔を上げないようにしていたので視界は常に硬い地面だった。

「次——西ノ宮塾生、前へ」

「は、はいっ」

どきりと胸が跳ね上がる。背中に冷や汗が伝うのを感じながら、そろそろと足を動かして法師人朔の前まで歩いた。

「西ノ宮……塾生」

名簿のようなものを手にする法師人朔は、じっとこちらを見ている。

（なんだかすごく観察されている気がする。やっぱり気づかれた？　髪型も違うし、顔だってあのときは化粧をしてもらっていたけど。まずい、どうしよう）

たった数秒の時間がとても長く感じられ、私はぎゅっと手を握りしめた。

「緊張は術の妨げになる。呼吸を落ち着かせるんだ」

思いがけない言葉に私はぱちぱちと目を動かす。

いまだに真正面から見ることはできないけれど、法師人朔は私に気がついていないようだ。

「名簿によれば式神召喚の経験があるとのことだが事実か？」

「えっと、そうです。陰陽道の心得があった祖父と式神を召喚しましたが、和紙札や術方式を学ぶ前に亡くなってしまったので……」

「では和紙札に呪力を込めて喚ぶだけでいい。契約者が亡くなるか故意に破棄をしない限り、式神とは繋がっているはずだ」

そう言って法師人朔は術方式が書かれた和紙札を手渡してくる。

（本当にバレていないみたい。よ、よかった。やっぱりあのとき、あまり顔は見られていなかったんだ！）

妖力に反応していたから、青鱗の鯉が私からいなくなったことで印象が薄れたのかもしれない。となれば、一刻も早く式神召喚を進めて、法師人朔から距離を取ろう。

私は和紙札を両手に持ち、ふっと息を深く吐く。

（落ち着いて、大丈夫。……四季も応援してくれているんだから）

そうして徐々に気を落ち着かせる。不思議なことに、四季の顔を思い浮かべると心の緊張が和らいだ。

覚悟を決めて目を開き、そっと唇を動かす。

「……おいで」

ささやくように小さく放たれた声。あの子たちを喚ぶための難しい呪文や詠唱はない。呪力を和紙札に注ぎ、繋がりを探していく。感覚的な話だけれど、あの頃の私はそうやってコンとポンを喚んでいた。

呪力を流した瞬間、周囲に突風が巻き起こる。その中心に柔らかな光の曲線が現れ、出てきたのは——。

『イト～』

『イト！』

「……コン、ポン？」

私目がけて飛び込んできた小さな影。ぎゅっと両手で支えれば、ふわふわとした懐かしい手触りを感じて目頭が熱くなった。

『コン、イトにあいたかった～』

白の毛並みに赤い模様が入ったまんまるな狐姿のコン。

『ポン、またあえてうれしい！』

黒い毛並みに赤い模様が入ったまんまるな狸姿のポン。

どちらもあの頃のままだった。

「私も、会いたかった。話したいことがたくさんあるの」

嬉しさのあまり二体をおでこにそっと寄せて触れ合っていると、背後から声をかけられる。

「西ノ宮塾生、その二体が君の式神で間違いはないか」

「はい、私の式神で、大切な友達です」

法師人朔の確認で力強くうなずく私を、手のひらに載ったコンとポンは尻尾を振りながらも不思議そうにしていた。

早く四季に伝えたい。あなたの言うとおり、この子たちはずっと私に会いたいと思ってくれていた。四季が応援してくれたから、私は怖がらずに喚べたんだよって。

＊＊＊

「……四季様、どうしましたか？」

日中、領地の運営方針を配下に伝え、ひとときの休息を風鬼に取らされていたときだった。丸盆に湯呑みを載せて戻ってきた風鬼が、それを机に置きながら首をかしげ尋ねてくる。

「ん～……今頃、式神と会えているんだろうなって思ってさ」

「あ、依十羽様のことですねっ！」

「よくわかったね」

机上に置かれた湯呑みに目を落として答えれば、風鬼はふふっと笑う。

「四季様が考え事をなさっているときは大抵が依十羽様に関することって決まっています～。最近は特に」

そう言って風鬼は語尾を強調する。

俺は苦笑しながら、いまだ湯気が立ち湯呑みの口縁を指でなぞった。

「風鬼、これは他言無用で頼みたいんだけどさ」

「承知しました！」

「まだ言ってないよ」

「どんな内容であれ承知しましたのでぇ」

にっこりと口もとを笑わせた風鬼に、さすが側近だなと感心する。口縁から指を離し、話を切り出した。

「俺はね、依十ちゃんが可愛いんだ」

「はい、そうですね？」

俺の開口一番の発言を、風鬼はひと言で返答する。風鬼にしてはあまりにも淡白だったので冗談に捉えられたかと思った。

「……本当に可愛くて仕方ないんだって。人柄も好ましかったけど、最近は感情がまるで花のように次々と咲いて、いろんな顔を見せてくれるようになった。何度も言うけど可愛くてしょうがない」

「それはですから、存じておりますよぉ」

風鬼から今さらなにをという空気をひしひしと感じて俺は驚いた。

「俺はそんなにわかりやすかったかい？」

「誰でも気づく程度にはわかりやすいですね！　最近はそれも顕著に表れたご様子でしたので」

「おかしいな、抑えていたんだけど」

しかし、どうにもそれに歯止めが効かなくなりそうな瞬間がある。

つい先日、式神召喚の話をしているときだって、依十ちゃんの口から楽しげに同期生の名が出るたび妙な心地に包まれていた。

「いずれ依十羽様は正式な花つがいになられるお方です。人がよく使う言葉を拝借するなら、日々愛おしさを感じるのはとっても素敵なことだと思いますっ！」

そんな何気ない風鬼の発言に、俺はハッとした。衝撃が全身に駆け巡っていく。

愛おしい。それは、誰かに想われることも想うこともない俺には関係ないと諦めていたものだった。

「……俺は依十ちゃんを、愛おしく思っているのかな」

問いかけたわけではなく、ただ独りごちる俺に、風鬼はなにも答えずただ静かに頭を下げて部屋を出ていった。気を利かせたのだろう。

誰もいなくなった場で、俺はぼんやりとしながら顔の鬼面を外した。

「………………」

机に鬼面を置き、硬い手触りの表面を指でとん、とんと叩く。

しばらくして自分の不安定な感情の正体を理解してしまい、俺は片手で顔を覆った。

「ああ、だからか」

愛おしいから可愛くて仕方がない。愛おしいからどんな表情でも見てみたくなる。

愛おしいからほかの男の名を聞いて面白くないと感じてしまい、愛おしいからこそゆがみが生まれていたようだ。

「ああー……まいったなぁ」

少しずつ依十ちゃんの世界が広がっていくことに嬉しさを覚えながらも、密かに芽生えていたのは、想像すらしていなかった独占欲だった。

自分の気持ちを明確に自覚し、どうしようもない虚しさが襲って俺は机にうなだれる。

「依十ちゃんにだけは、言えない。絶対に知られるわけにはいかない」

そうでもしないといつか彼女がこの時代を離れる日、俺は絶対に引き止めてしまう。どんなに理不尽な扱いを受けていたとしても、帰ることを一番に望むのなら、なおさら俺の身勝手な気持ちで依十ちゃんの未来を遠ざけるわけにはいかなかった。

だから胸にしまっておかなければならない。この、愛おしさが積み重なりできあがった執着心を。

＊＊＊

コンとポンに再会できた日から、私の毎日はさらに賑やかになった。

召喚した日、四季に二体を紹介すると自分のことのように喜んでくれて、『四季の応援のおかげだよ』と伝えれば、優しく瞳を細めて微笑んでいた。

一瞬だけいつもとは違った雰囲気に感じたけれど、そのあとはいつもどおりな対応で『さすが依十ちゃん、えらいえらい』と頭を撫でられたものだから、すぐに離れて

『距離感！』と注意した。

彼にとっては気心の知れた相手に対する親愛のスキンシップだとしても、やっぱり自重してもらわないと心臓がいくつあっても足りなくなる。ちょっとしたやりとりの中で四季の存在が大きくなっているのを感じてしまう。

それでもふと切なくなる気持ちを表には出さないように努めた。

代理講師として法師人朔に会ってしまったときはどうしようかと焦ったものの、それからは特に関わる機会もなく順調に陰陽塾で学びを得られていた。

そして陰陽塾の建物の構造もある程度わかるようになり、ひとりで書庫や資料室の利用が可能になり始めた頃、私はさっそく現代に戻るための手がかりを探すため資料室に訪れていた。

「……あった。昔の陰陽師が遺した宝物って、これのことだったんだ」

ほかの資料よりもさらに年季が入ったそれには、陰陽始祖が遺したとされる『五種《ごしゅ》神宝《しんぽう》』についての記述があった。

五種神宝は、大陰陽師と名高い陰陽始祖が自身の呪力と生命力を削って作り上げた術者界の至宝であり、中には強大な力が眠っているとされている。

そして次のページには、依代《よりしろ》になった五つの神宝の絵が描かれていた。

「これって」

私は目を見開きながら絵を凝視した。

五つのうちひとつだけ見覚えがあったそれは、私が現代で触れたあの丸鏡によく似ている。

逸る気持ちを抑えながら詳細を読み進めていくと、こすれた墨の文字を見つける。

『久遠鏡《くおんきょう》』。求める解を映し、名のとおり遠い過去と未来を繋ぐ力を宿した神宝。

書かれた内容を何度も読み返し、私は驚愕しながらも腑に落ちていた。

(この久遠鏡がタイムスリップした原因で間違いなさそう)

そう思いながら次のページをめくるけれど、久遠鏡の説明はそれだけだった。代わりに、五種神宝についての箇条書きを発見する。

・神宝には意思が存在し宿主を選定する。

・宿主となった者は神宝の力を手にする権利者となる。

・神宝は宿主の〝力〟を糧として個々の特性を発揮する。

・特性が持続する限り力を欲し、神宝は意思をもって主の傍らが在るべき場所と定める。

(じゃあ、私が宿主になっていたの?)

力が呪力だとして箇条書きどおりなら、廃神社の小屋に転がっていた久遠鏡に私が触れたことで、呪力に反応し特性が発揮したという流れになる。

（本当に宿主が私なら、やっぱりあの久遠鏡もこの時代のどこかにあるってことだよね）

ふと、予感がした。

きっと私は、あの古びた久遠鏡にまた触れることさえできれば現代に戻れる。そして、この時代で過ごす時間は想像するよりずっと短く、そんな日は案外、呆気なくやってきてしまうのかもしれない、と。

第十話

帝都はすっかり爽やかな緑が眩しい季節となった。

常春の鬼ノ国で暮らしていると、たまに季節の感覚が麻痺してくる。それでも陰陽塾に通うため帝都に出てくるたび、桜の葉が深緑に変わっていく光景を目にして、時間は確かに進んでいるのだと実感した。

陰陽塾の資料室で見つけた重要な情報。私の当面の目標は古びた久遠鏡を見つけ出すことなのだが、これがなかなか発見できずにいた。

現代の元・禁足地、火ノ宮神社跡地で古びた久遠鏡を見つけたということは、この時代の火ノ宮神社に祀られている神宝が久遠鏡である可能性は高い。どの神宝が祀られているかの公表はされてないので憶測の範囲ではあるけれど。

ただ、神宝が祀られるのは本殿のさらに奥にある神域のため、そう簡単に入って確認できる場所ではなかった。

四季からは『ほかに打つ手がないときはいつでも侵入できるよ』と言われたけれど、どうにも強行突破の構えだったので危険が伴うのは目に見えている。

しかし他にこれといった場所もなく、もう本当に侵入するしかないかも……と思い悩んでいたところに、天王家長男の咲月から封状が届いた。

中身は、天狗国に行って呪物祓いをしてくるようにという簡素な内容。

式神召喚後、呪いの扱いや祓い方を学び、何度か実践も経験していたとはいえ、封状には目を疑ってしまった。
なんでも天狗の国主に私のことを軽く話したらかなり興味を持たれたらしく、時期的にも陰陽塾に通い始めてしばらくが経過していたので頃合いだろうと、咲月は試しに呪いを祓ってこいと言ってきたのであった。

「……はっ！」

『ギュッ』

ぱちん、と乾いた音が響く。目と鼻の先にまで迫っていた黒毛玉の形をした呪いは、私の両手に挟まれると黒い煙をしゅわしゅわと出して消えていった。

（あ、危なかった。もう少しで顔に飛びつかれそうだった）

それでもなんとか呪物祓いをやり遂げた私は、胸に手を当てて速まる心拍を落ち着かせた。

「カッカッカ！　こいつはすごい、本当に呪いを祓えるとはな」

豪快な笑いと拍手をしながら近づいてくる男――夜霞威風《いふう》は、整った眉をきりりと上げて私の正面に腰を下ろす。

じいっと見つめられると気まずくて、私は視線を元呪物の小刀に移した。

「呪いの気配はなくなりましたので、もう大丈夫だと……わっ」

突然、顎をぐいっと持ち上げられる。めらめらと燃え上がるような濃い赤の瞳に見据えられ、体中に鳥肌が立った。

「へえ、よく見れば随分と可憐な娘だ。気に入った。どうだ、この俺に娶られる気はねぇか」

そう言って彼は背にある立派な黒灰色の翼を軽くはためかせた。

いや、絶対に無理。今すぐにこの手をどけてほしい。でもここで自分から振り払っても大丈夫なのだろうか。だって彼は——。

「天狗の国主、お戯れはほどほどに」

対応に困って身を固くした私の体に腕を回した四季は、そのまま私を軽々と後ろに移動させた。

一連の様子を目にした夜霞様は、顔をきょとんとさせる。

「おっと、これは失敬。悪ふざけが過ぎたようだ。非礼を詫《わ》びる、鬼ノ国の梅花領領主。並びに、番の陰陽師殿」

全身真っ黒な着物に身を包み、洒落っ気のある飾りをいくつも取り付けた夜霞様は、にかりと八重歯を見せて笑った。

先ほど四季が言ったように彼は天狗国の国主だ。そして今私たちがいるのは天狗国の妖都であり、咲月の封状のとおり呪物祓いのために夜霞様のいる城郭を訪れていた。

幸いにも呪物は私が対処できるほどに弱いものだった。なので自分の呪力でおびき寄せ、同じく呪力を込めた手のひらでぱちっと潰すだけで済んだのだ。

祓い終わった直後に盛大な冗談を受けてしまったけれど、付き添いの四季が間に入ってくれたおかげで事なきを得た。

「ご理解いただきありがたく存じます」

天狗の国主を前に冷静な対応をする四季は、その腕を今も私の体に回したままで、こんな場なのにドキドキと意識してしまう。

私をかばってのことなのだろうが、こんなに近いとさすがに心臓に悪すぎる。

「おい梅花領主。もう取って食ったりしねぇから離したらどうだ。まあ、これはこれで面白いしどっちでもいいんだが」

夜霞様はちらっと、頬に熱が集中する私の顔を一瞥して言った。

なに、その含み笑い。まさか、ついさっき会ったばかりの人に気持ちを見透かされた？

「も、もう平気だから、四季っ」

四季もなんのことだと言いたげな反応だったので、勘づかれる前に私は急いで密着していた体を押し返した。

「咲月殿から陰陽師の娘を花つがいだと豪語する弟君の話は聞いていたが……どんな

顔をしているのかと思えば、噂《うわさ》どおりの鬼面のようだ」

「ご無礼をお許しください。未熟な身であるため抑制具が手放せないのです」

妖力の安定化が順調とはいえ、まだ公の場で抑制具は外せない。そんな四季の丁寧な返しに、夜霞様はふうんと自分の顎を撫でる。

「べつにいいじゃねぇか。その鬼面、洒落ているぞ」

特に気にした素振りもない夜霞様を前に、私は思わず瞬きを落とした。おそらく鬼面で隠れた四季の顔も同じようになっていたと思う。

四季が妖力のコントロールを掴めるようになったあととはいえ、彼を目の前にして好意的に接してくれるあやかしは珍しかった。

「じつを言うと俺はその魅了の力ってもんに興味があった。素顔を目にした途端、気がおかしくなるなんて摩訶《まか》不思議だろ。いっそこの目で見てやろうかとも考えていたが」

四季を見捉える挑発的な赤い双眸がゆっくりと狭まる。隣に座った四季からはなにも反応がない。

「……やめだ。客人に対してまた無礼が過ぎたな。好奇心で言っていいことではなかった」

夜霞様は早々にこの話題を切り上げた。

「お気遣い痛み入ります」

そのやりとりを聞いて私はほっとする。

「今回の呪物祓いはあくまで試行だったが、また近々陰陽師殿には世話になるだろう。あやかし界は呪物が多くあるっていうのに、それを祓ってくれる奇特な陰陽師はここ何百年も現れなかったからな」

そんな話をしながら夜霞様の視線が横に動いた。

客間の外にある広々とした縁側。その先には紅葉の木が連なる見事な庭園があった。あやかし界は人間界のように季節が順々に巡ることがない。天狗国も例に漏れず、寒暖差はあれど一年中の季節は『秋』に定まっていた。

純和風の庭園と赤や黄に染まる鮮やかな紅葉。美しい景色に見惚れていると、徐々に庭園全体に影が覆い始めた。

それを見ていた夜霞様は煩わしそうに眉をひそめる。

「また降ってきやがった。どうせなら客人に我が国を案内しようかと考えていたんだが。これはしばらく荒れそうだ」

彼の言葉のとおりポツポツと降り出した雨はあっという間に強さを増した。

遠くの空に稲光が落ちる。それから数秒後、雷鼓が轟く。

「急に降り始めましたね」

突然の天候不良に口を開けば、同じく外に目を向けていた四季がこくりとうなずいた。

「ここまでの悪天候、稀《まれ》なのでは？　すぐにやむとありがたいのですが」

梅花領からこの天狗国の妖都までは、『飛び駕籠《かご》』という乗り物を使ってきていた。見た目は牛車のような感じで、軛《くびき》を鬼鳥《おにどり》という二対のあやかしが引くことによって空を飛ぶ乗り物だ。

しかしこの天気では鬼鳥も飛べないだろう。梅花領でも経験したことのない激しい雷雨である。

「稀のはずだったんだが、今日を入れて十日目になる」

夜霞様の嫌気が差した横顔を見ながら、思わず『えっ』と言いそうになる。

これだけの悪天候が十日も続いているだなんて、なにか妙だ。

「鬼門の地を治める梅花領主ならわかっているだろうが、近頃異形の発生数が馬鹿みたいに増えてきてやがる。幽世全体が負の引力に傾いているとはいえ、それが個々の負によるものか、またはなにか別の根源があるのかは不明だ」

〝負の引力〟。前に風鬼ちゃんからも聞いたことがある。陰陽塾でも似たような授業を受けた。

感情、思念、言霊、思い出。これらに淀みや汚れ、邪気、悪意が混ざることで負となり、それは強大なエネルギーのような働きがある。

単純に負が多くなると大地自体が負の引力に傾き、異形が生まれて数も増える一方なのだ。

この傾きを戻して〝正の引力〟に傾けるためには、負の数を減らしていくしかない。最も効果的なのが異形退治であり、だからこそ四季やその配下たちも異形の対処に追われている。

負と正は、陰陽道でいうところの陰と陽であり、これらのバランスが大幅に崩れると災いが起こるものと考えられていた。

（陰陽塾では、負が発生する主な原因はあやかしにあると習ったけど、誰にだって負は生み出せるし、あやかしに限定するのは違う気がする）

もはや大嵐になっている外を見つめながら私は考える。

天狗国で十日間続く悪天候。その事例に私はどこか覚えがある気がした。

それから数時間が経っても天気は好転せず、むしろ荒れる一方だった。

これでは帰宅もままならないため、私たちは夜霞様の厚意でひと晩泊まらせてもらうことになった。

「……真っ黒」

廊下から外の様子を窺う。見ているだけで不安をかき立てられる空模様に寒気を感じて腕をさすった。

「冷えるようならなにか暖の取れるものを用意させるぞ」

「夜霞様」

右側の廊下から歩いてきた彼に、私はそっと会釈をする。

「俺もこの城のあやかしも人間をもてなすのは初めてでな。不手際があったら言ってくれると助かる」

「皆さんとても親切にしてくださっています。それにひと晩滞在させていただけるだけで十分ありがたいですから」

私は無礼のないようにと内心ひやひやしながら言葉を返した。

「こうも客人が揃いも揃って謙虚だともてなしたくなっちまうなぁ。都の案内はできねぇが夕餉は期待していてくれよ」

「ありがとうございます」

夜霞様はせっかく来たのだから宴を開くと言ってくれた。開始までは少し時間が空くので、それまでは休息を取るようにと客間に案内された。

四季はほかにも夜霞様に要件があるらしく私だけ先に休ませてもらっていたのだけど、ここに彼が来たということはもう話は済んだのだろうか。

「依十羽、だったな」

「はい。……はい？」

　不意に名前をつぶやかれると、少しかがんだ夜霞様の顔が近くに迫っていて息を呑む。思わず二度、返事をしてしまった。

　なにやら思案げな様子の夜霞様は、じっとこちらを見つめながら口を開く。

「お前の番の力は、本当に魅了なのか？」

「え？」

「半妖で自分の妖力をまともに扱えず、その反動が特性に表れて他者を魅了するって噂だったが、あれは魅了のひと言で済ませていいもんじゃねぇだろ」

　あまり声を大きくして言えない内容だからなのか、夜霞様はひそひそと耳打ちしてくる。

（それって、どういう意味？）

　言葉の真意を悶々と考えるが、どうにもよくわからなかった。

「あー、やっぱ今のはなしだ。聞かなかったことにしてくれ。おそらく俺の気のせいだ。最近は異形問題で気が散って勘が鈍ってやがる」

　夜霞様はぱっと表情を明るくさせた。その変わり身になんとなくだが気遣われているのがわかる。

「……はい。聞かなかったことにしておきます」

変な空気を前にして私もそう答えるしかなかった。

これ以上は本人がいないところで深く話す気にはなれない。だから夜霞様も早々に話を切り上げたのだろう。

「今の真剣な様子といい、花つがいだと公言されているだけあってお前も相当四季殿を好いているんだろ。いったいどんなところに惚れ込んだのか、後学のために聞かせてくれよ」

「はい？」

強引に話題を変えたと思えば、夜霞様はにやにやと口もとを緩めた。

「あやかしと人間の番なんざ聞いたことなかったが、似合いだぞお前ら。にしてもいちいち初々しい反応だったよな。さっきも好きな男に抱えられたくらいで生娘みたいに顔を赤らめて――」

「わあああ、あの！」

先ほどの私の様子を饒舌に話す夜霞様に、あわあわと詰め寄って両手を伸ばした。

「お願いします。彼の前で、私が彼を好きだとか、そういう発言はしないでください」

「はあ？　見るからに惚れた顔をしていたくせに」

「四季には気づかれないように注意しているんですっ」

「なんでそんなこと隠しているんだ？」

　夜霞様は不思議で仕方ないといった様子だった。

「……四季には、知られたくないんです」

　うまいごまかしが出てこず、眉をきゅっと締めて難しい顔を彼に向けてしまった。

「なにか訳ありみてぇだな」

「申し訳ありません」

「謝るな。俺も面白がって突っつきすぎた自覚はある。もう無闇に言ったりしねぇよ」

　理解ある言葉が返ってきて私は安堵した。それを見た夜霞様は眉尻を下げて苦笑いを浮かべる。

「よくわからないが、お前は自分の気持ちを隠しているってことだな。で、相手はそれをいっさい知らないと」

「はい」

　力強くうなずけば、なぜか夜霞様は信じられないものを見るような目で私を凝視していた。

「なら四季殿の気持ちはどうなんだ」

「……四季の気持ち？」

「例えば、あいつがお前を好いているとは欠片も考えねぇのか」

四季は、私を唯一の存在としてそばに置いている。嫌われてはいないし、人として好かれているだろうけれど、それは私のような恋ではないはずだ。

「俺からすれば、あいつは相当お前に惚れているぞ」

事情を知らないからこそ、周りには四季の姿がそんなふうに見えているだけである。

(四季が私に惚れているだなんて、絶対に夜霞様の勘違いだよ)

「本人にバレるのも時間の問題だと思うがな」

少し吹き出した夜霞様の笑い声に、私は気持ちを切り替えるように頭を振って彼に懇願した。

「夜霞様、本当に四季には秘密にしてくださいねっ」

「わかってるっての」

必死のあまり相手が国主だということも忘れて念押しすると、夜霞様は面倒くさそうにしながらも了承してくれた。

「……そこでなにをしているんだい？」

そのとき、夜霞様の後ろから声が聞こえた。

私はハッと我に返る。思ったよりも夜霞様との距離が近かったことに驚き、急いで一歩下がる。

夜霞様は振り返ると、ひとり佇んでいた四季になんでもない様子で答えた。

「ああ、四季殿。少し世間話をしていただけだから気にするな」

彼はちらっと私を横目に見たあとで、片手をひらひら振りながらその場を去っていった。取り残された私は、なんとか顔の熱を引くために横を向いて手で風を送る。

「依十ちゃん」

四季がゆっくりとこちらに近づいてきて、私を静かに見下ろした。

夜霞様とあんな話をしたあとなので絶妙に気まずい。それでも平静を装っていると、不意に四季の指が私の頬に触れた。

「顔が熱いよ」

「えっ、そそ、そうかな？　というか四季、ちょっと近い」

ひんやりとした指先の温度にびくっと体が跳ねた。いつものように距離を取ろうとすると、いきなり腕を掴まれて思いきり体を引っ張られる。

「……う、あれ？」

視界がくるりと反転し、気づいたときにはすぐ横の客間の中にいた。

私は畳にぺたりと座り込んでいて、同じく座った状態の四季に体重をすべて預けるように体を寄りかからせていた。

「どうしたの四季？」

上を向くと鬼面を外した四季がじっと私を見ていた。

互いの息づかいを感じる近さにあとずさろうとすれば、腰に手を回され動けなくなってしまった。

「依十ちゃんがそんな顔をしているのは、国主殿のせい？」

「そんな顔って」

「わからない？　頬が梅の花びらみたいに色づいてるのに」

「……とりあえず、いったん離れて」

ずばっと指摘されてバツが悪いし、この体勢で長くいるのは身が持たない。

それになんだか雰囲気が違う。四季からはかすかに妖力制御ができなくなっていたときのような仄暗《ほのぐら》い陰りがあった。

「あの、四季。聞いてる？」

いつもならとっくに離れているはずなのに、なぜか四季は頑なに動こうとしなかった。

「ねえ依十ちゃん。俺には秘密ってなんのこと」

「それは……」

まずい。肝心の内容は聞かれていなかったみたいだけど、絶妙な発言の部分が四季の耳に入ってしまっていたらしい。

口を結んだままどのように切り抜けるかを考えていると、しびれを切らした四季はさらに問いかけてきた。

「さっき、なにかしていた？」

「なにかって？」

「国主殿とこの距離で、真っ赤になって可愛い顔をして。依十ちゃん、慌てて離れていたけど」

『この距離で』と言ったところで四季の顔がさらに近づく。こつんとおでことおでこが軽く当たり、体をぎゅっと抱き寄せられ、頭が真っ白になりそうだった。

その瞬間、部屋中が光に包まれ激しい雷が鳴り響いた。

「び、びっくりした。……四季？」

咄嗟に掴んでいた四季の服の端から手を離し、様子を窺う。

「俺は、なにを……」

まぶたを大きく開け、黄金の瞳を震わせた四季の顔は動揺に染まっていた。

彼は視線をそっと下げると、私をきつく抱き寄せていたことに気づいて慌てて解放する。

「ごめん、依十ちゃん。俺、どうかしてた」

四季は顔を片手で覆いながらふいっと横を向いた。自分の行動について触れてほしくなさそうだったが、このままうやむやにしてはいけないと思った。

「私と夜霞様が一緒にいるところを見て様子がおかしくなったよね？　『なにかしていた？』って聞いたけど、なにかしているように見えたの？」

尋ねると、四季はこちらを向いてなぜか瞳を悲しそうに揺らした。それから少しの間を置いて観念したように口を開く。

「君と国主殿が親密な様子で、俺には唇を重ねているように見えたから……驚きを隠せなかったというか」

「は」

開いた口が塞がらないとはこのことだ。予想していなかったとんでもない見間違いに私は唖然《あぜん》とする。

「なに、それ」

ショックのあまりふらりと体が傾いて、畳に両手をつく。背後に四季が近寄ってくる気配がして思いきり振り返った。

「キスって、そんなわけないでしょ！　こっちだって驚きが隠せないですけど!?」

「……鱚《きす》？」

「接吻のこと！」

「ああ」

四季は目をぱちくりさせたあと、呑気にキスという単語の意味に理解を示していた。

「どうして私が夜霞様とキスしないといけないの。四季は私が会って間もない人とそういうことをする人間だって思っているの？」

「そういうわけじゃ――」

「じゃあどういうわけ」

膝立ちでずいずいと四季に向かっていく。感情の高ぶりに身を任せた私に彼はひどく戸惑っていた。

（私が好きなのは、四季なのに）

いつの間にか目には涙がにじんでいた。四季に少しでもその可能性があると思われたことが無性に悔しくて、悲しくて、止められなかった。

「依十ちゃん、泣いてるの？」

「目にゴミが入っただけ」

わなわなと声を震わせた四季に、私は目尻をこすって短く返す。

「なら国主殿とは」

「絶対になにもない！」

私が真っ向から否定すると、四季は肩を落として深い吐息をついた。

「そっか、そうなんだ」

「そうだよ」

私は重ねてうなずき、四季はふたたび息を吐いた。

「……不快にさせてごめん。俺が依十ちゃんと奇跡的に出会えて一緒にいるように、君と国主殿が仲を深めたとしても不思議じゃないって、本気でそう考えちゃったんだ」

普段の軽い笑顔も忘れ、四季はぎこちない口調で言い連ねる。

「ただ、それがたまらなく嫌だった。彼は君を気に入っていたようだから、もし本当になにか心変わりがって考えたら、途端に余裕がなくなって。どうしても許せなかった」

不安そうなその声に、カッとなっていた頭が冷えていく。

大声で話せない内容だったからとはいえ、夜霞様との距離感はかなり近かったし、四季の立ち位置的にもそう見えてしまったのだろう。それに私は自分の都合で四季への想いを隠している。

不本意だとしても、彼目線では確かに勘違いしてしまう状況ではあったのだ。それを思うと感情的になってしまい申し訳なくなった。

「私もいきなり問い詰めちゃってごめんなさい。……許せなかったって、それは私が四季にとって必要だから？」

魅了の力に影響されない稀有な存在だから、ほかのあやかしと必要以上に近づいていたのが面白くなかったとか、そういうことだったのだろうか。

「そうだね。君が必要だから許せなかった。でも、依十ちゃんが今考えている理由とは違っていると思うよ」

「……？」

切なげに笑った四季に、私は少し首をかしげた。

「依十ちゃん、俺は──」

四季が口を開くのと同時に、また室内がピカッと光る。

すぐに鳴る轟音に備えて身を固くするけれど、バランスを崩して前に倒れ込んでしまう。そういえば私、ずっと膝立ちだった。

「わっ」

そのまま目の前の四季に覆いかぶさるように転倒する。

すぐに、ふに、と口になにかが当たった。

（え……）

私を支えるように回された腕のぬくもり。身近に感じる息づかい、胸の鼓動。そして、重なった唇。

自分の身に起こった出来事を理解した途端、私は自分でも驚くほど俊敏な動きで起き上がっていた。

「ごご、ごめん、わた、私っ……」

呂律が回らず、じわじわと体に熱が溜まっていく。

「…………」

そんな私とは正反対に四季は静かだった。ただ何度か瞬きを繰り返し、いまだ混乱続きの私をじっと見据えているだけ。

「君って、もしかして俺のこと……」

ぼんやりとこちらを見つめていた四季は、それから多くの感情が入り乱れた複雑な表情を浮かべる。そして最後には、気が抜けたように笑っていた。

「依十ちゃん」

「びゃっ」

四季が口を開いただけで身構えてしまう。それに変な声まで出してしまった。

気持ちを悟られないためには、すぐにでも平気な顔をしないといけないのに。散々持て余していた初恋が、たった一瞬の事故で容赦なく私から理性を奪っていく。

お願いだから静まってと、胸に当てた両手をぎゅっと握りしめた。

(好きだってバレたかもしれない、でも……)

私がそれを告げることはない。

嫌われたくない、拒絶されたくない。せめてこの時代にいる間は、なんの弊害もなくそばにいたい。

そんな自分よがりの思いに辟易《へきえき》しながらも、私は頑なに口を閉ざした。四季もこちらを静かに窺っているので、結果的に無言で見つめ合う空間ができあがる。そんなときだった。

「おい、いるか！」

突然、襖が全開にされ、夜霞様が現れた。

「取り込み中のところ悪いが、今宵の宴は中止になった」

向かい合っている私たちの状況にはなにも触れず、彼は差し迫った形相でそう告げた。

天狗国の妖都より北に向かった先には、『四十九大河《しじゅうくたいが》』という場所がある。たった今、その近辺で複数の異形が暴走していると報告を受けた夜霞様は、その場に急行するため宴の中止を知らせに来たのだった。

緊急を要する事態に、私と四季はお互いに目配せをしてすぐさま立ち上がる。数秒前のいたたまれない空気感は見事に払拭されていた。

「国主殿が自ら向かわれるのですか？」

「あの場所は我が一族の直轄地だ。俺が駆けつける必要がある。客人を置いて不在にするのは忍びねえが火急のため許せ」

そう言って夜霞様は素早く踵《きびす》を返し行ってしまった。

「……大丈夫なのかな」

「力を貸したいところだけど、よそ者が出しゃばるのをよしとするか微妙なところかな。夜霞一族直轄の四十九大河近辺となるとなおさらね」

四季は難しい様子でつぶやいた。

(四十九大河……)

現代では、あやかし界を唯一管理する夜霞の直系子孫、黒天狗家が住んでいる場所としても有名だ。

ただ、深く覚えがあるのはもっと別の理由だった。

天狗国で十日間続いている異常な悪天候。加えて、複数の異形が暴走している四十九大河。

あ、と頓狂な声がこぼれた。

「どうしてすぐに気づかなかったんだろう……っ」

「依十ちゃん?」

「四季、たぶんこれって『無差別退治』の前触れだと思う!」

現代を生きる学生の必修科目であるあやかし史。その項目にある陰陽師の歴史には、大規模侵攻以前にも起きたいくつかの出来事が『幽世事変』として残されている。

そのひとつが、天狗国で発生した陰陽師によるあやかしの無差別退治だった。

それは陰陽師が突然起こした悪事であり、その前日まで天狗国はひどい大嵐に見舞われていたという。

「なぜ陰陽師たちは無差別退治を？」

事変について、四季はすんなりと私の話を信じてくれた。

「具体的な理由はわからないの。ただ、陰陽塾に通うようになって感じたけど、この時代の陰陽師はあやかし全員を悪しき者と区別しているようだから、急に事を起こしたとしても……」

「不思議ではないってことだね」

無差別退治が起こる正確な時間まではわからない。ただ、十日間の悪天候と異形の暴走が前触れとして伝わっていたとなると、もういつ陰陽師たちが天狗国に来てもおかしくなかった。

なにせあれだけ激しく荒れていた空が、いつの間にか星々の輝きを目視できるほどに回復しているのだ。もう時間はほとんどないのかもしれない。

こうしてはいられないと、私は四季とともに天狗の城郭を出て、四十九大河がある北方に向かうことにした。

夜霞様に私たちの接待を任されていた城郭のあやかしたちには止められたが、事情を説明している暇がなかったので半ば強引に飛び出してしまった。

おかげで四季の妖従・カグレの背に乗って高速で目的地に向かえている。

「私がもっと早く思い出せていたらよかったのに。このまま教科書どおりに無差別退治が始まったらどうしよう」

「……依十ちゃん、つまりそれは陰陽師の所業を止めたいということでいいんだね？」

すぐ後ろに乗っている四季が耳もとで尋ねた。

「私にできるかわからないけど、そうしたいと思ってる」

陰陽塾に通い始めてからずっと考えていた。もしも現代で言われているような行きすぎた行為を事前に阻止できていたら、未来は大きく変わるんじゃないかって。

そしてなにより、たくさんの命が亡くなるかもしれない状況を見過ごすなんてできなかった。

「着いた。あれが四十九大河だよ」

四季が指さした先にあった大きな川。両岸を彼岸花に囲まれており、流れる水の中でぽうっと蛍のような光が点々と見えた。

「あの辺りから国主殿たちと、異形の気配がするね」

四十九大河を真上から見て右方向、森の中で夜霞様たちは異形と対峙しているらしい。しかし私は、それと反対の方向に目を向けた。

「あっちの気配のほうが危ない気がする……」

「確かに。陰陽師の呪力とも違うみたいだけど、もしかしてこれは」

「うん。呪いだと思う」

それも今まで祓ってきた呪物とは比べ物にならない禍々しさがある。

その近くには明かりが灯る民家がいくつもあり大きな町が形成されていた。もしかしてあの場所で暮らしているあやかしたちが無差別退治の犠牲になったのだろうか。

「こんなに強い呪いの気配は初めて。これも陰陽師の仕業なのかな」

陰陽師は呪いを祓うだけではなく、呪いを付与したり生み出したりすることも可能で、以前は私も無意識のうちに自分に呪いをかけていた。

「異形は国主殿に任せておけば問題なさそうだ。ひとまず俺たちはあの町のほうへ行ってみようか」

「そうだね」

四季の言うとおり、すぐにでも状況を確認する必要がある。

しかし、町に近づくにつれてひどい悪臭が鼻をついて回った。

「うう、なにこの臭い」

腐敗臭混じりのあまりの激臭にカグレの走りは緩やかになり、弱々しく「クウン……」と鳴いて地面に足をつけてしまった。

もう町は目と鼻の先。ここからは歩いたほうがよさそうだ。

「カグレ、ご苦労だったね」

「乗せてくれてありがとう、カグレ」

よしよしとカグレの頭を撫でて労う四季の横で私もお礼を言う。

相当臭いに参っていたようで、カグレはすぐに姿を消した。

『イト、封印されてた異形がいるから気をつけて〜』

『すごく近い。もうちょっとで解ける！』

カグレと入れ替わりで和紙札から出てきたコンとポンは、私の両肩にそれぞれ乗ると慌てた様子で言ってくる。

「どういうこと？」

『封印が弱くなって外に出てきちゃったみたい。この臭いもそいつのせい〜』

「いったいどんな異形が、なにに封印されていたんだい？」

なにやら訳知り顔のコンとポンへ四季は的確に尋ねる。

『死喰いの異形〜！』

『五種神宝の鉄扇に封印されてた！』

それを聞いて私はさらに仰天する。直後、町のほうから鼓膜をえぐられるような嗄《さ》声《せい》が轟く。

死喰いの殺気を含んだ絶叫だと、コンとポンは毛を逆立てた。

コンとポンから聞かされた重要な事実に面食らいながらも、私と四季は急いでその死喰いと呼ばれる異形のもとに急いだ。

「誰もいないみたい……」

ほどなく、町の広場らしき場所に到着する。

周囲を見回しても歩いているあやかしはいない。目につく民家も明かりはついているのに、中からはまるで気配がしなかった。

「……思い出した。確か死喰いって、千年ぐらい前に幽世と現し世で暴れ回っていた悪妖だよ。戦場とか墓地の屍《しかばね》を喰らって力をつけて、次第に生きたあやかしや人間を襲うようになったらしい」

四季の説明を聞いたコンはぴょんと飛び跳ねた。

『そう、そいつ～！』

「死喰いはこの悪臭に含ませた妖気で獲物を操るんだ。そしてほかのあやかしや人間を襲わせて、自分の獲物をどんどん増やしていく」

言いながら四季は近辺を慎重に確認する。しかしどこを探してもあやかしの姿はなかった。

「この町に住んでいたあやかしは全員操られてしまったってこと？」

「おそらくはそうだろうね。ただ、その操られた住民がどこに行ったのか気になるな。すでに死喰いに喰われたか、あるいは……ちょっと君たち、ごめんね」

鬼面を取り外した四季は一度まぶたを下ろしたあとで、すっと開眼した。

煌々と光帯びる黄金の瞳。四季の全身から凄まじい妖力が放出されているのを肌で感じた。

私にはなんの影響もないとはいえ、なにか得体のしれない力が働いているのはわかるので、思わずぎゅっと拳を握った。

『わわ、ちょっと～』

『いきなりはひどい！』

私の肩にいたコンとポンは、四季の妖気に耐えられず短く抗議をしながら消えていった。私の式神でも突然の圧力に耐えきれなかったのだろう。そのわりには随分と余裕そうな反応だったけど。

「わかった。住民はまだこの先にいるよ」

「え、わかったって」

「時間がない。どうやら死喰いに操られて、裂け目を通ろうとしているようだ。現し世に渡って人間を襲いに行く魂胆らしい。行こう、依十ちゃん」

「……うん」

ここで最優先するべきは事態の収束だ。どうして妖力で探りを入れただけで住民たちの置かれている状況を具体的に知れたのか、まるでその現場を実際に見たような発言だったとか、そういう疑問は今ぶつけるべきじゃない。だけど……。

『お前の番の力は、本当に魅了なのか？』

なぜか一瞬、あの言葉が脳裏をよぎった。


四季の言うとおり、あやかしたちは町の広場を抜けた先の、山道に入る手前辺りで列をなして立っていた。

いったん近くの草むらに身を隠し、遠目に様子を窺う。

列の一番奥には、いびつな〝裂け目〟がある。空中を巨大な爪で引っかいたような形をしたそれは、中が真っ暗でどうなっているのか確認できない。

だが、四季が言うには確実に人間界と繋がっているらしい。

（このままだと操られたあやかしは人間を襲ってしまう。でも……）

授業では、陰陽師が無差別に天狗国のあやかしを退治したと記されていた。しかしここにはまだ陰陽師の姿はない。

「四季、思ったんだけど。私が習った陰陽師の無差別退治って、死喰いに操られたあやかしたちが向こう側で人間を襲って、その応戦に陰陽師が裂け目から乗り込んできたってことはないかな」

「俺も同じことを考えてた」

予想がハズレていたとしても、あやかしたちが死喰いに操られている以上、被害を出さないために止めなくてはならない。

「操られているだけで、まだ生きているんだよね？」

「操り対象は屍の場合もあったようだけど、幸い今回は生きているみたいだ」

「よかった。なら、やっぱり死喰いをどうにかするしかないんだね」

いったいどこにいるのだろうと、何気なくその場を見回したときだった。

「依十ちゃん！」

辺りに漂う悪臭をより濃く感じた途端、四季は私を抱えてその場から距離を取った。

「……!?」

「あれがかかるところだった」

四季はふわりと私を地面に着地させた。

私は今いた場所に目を向けて硬直する。毒々しい色の液体が全体にかかっており、草も、木も、地面も、液体が付着した箇所はジュワジュワと音を立てながら溶化していた。

「うっ」

溶け落ちた部分から放たれる悪臭に鼻を押さえる。染みた目から涙が込み上げ、吐きそうになった。

「これ被って。ないよりはマシだから」

「あ、ありがとう」

四季は自分の鬼面を私につけてくれる。妖術の効果なのか、臭いが遮蔽されてかなり楽になった。

そして鬼面により少し狭まった視界の先で動いていたのは、赤茶色の皮膚がところどころ溶け出した巨人だった。手足を蜘蛛《くも》の足のように曲げて地面を這う異様なさまに背筋が凍る。

（あれが死喰い。これまで見た異形とは全然格が違う。どうしよう、怖い）

死喰いからははっきりと妖力の気配がある。でも同じくらいに、呪力の気配を感じた。

もしもあれが呪いの類なら陰陽師の私にしか祓えない。だけど私にできるのだろうか。

恐怖で息が上がり、短い呼吸音が頭に何度も響く。そんな状態の中で聞こえてきたのは、柔らかくささやいた四季の声だった。

「大丈夫、怖がらないで。俺がいる」

「でも、あれをどうしたら……」

「無理に祓おうとしなくていい。君はただ、死喰いに呪力を込めることだけに専念して」

「呪力を？」

四季はうなずくと、死喰いの背中を指さした。

「あそこに埋まっているのが神宝の鉄扇だよ。もう少しで切り離されそうだけど、コンとポンが言っていたとおり封印はまだ解かれていないんだ」

そこまで聞いて四季の意図に見当がついた。

「私の呪力を込めて、もう一度封印する……？」

「そういうこと。死喰いから感じる呪気は、単純な呪いからくるものじゃない。おそらく以前死喰いを封印した陰陽師の呪力によるものだ。だから封印式もまだ鉄扇に刻まれているだろうから、あとは依十ちゃんの高い呪力を込めればもう一度封印は強固なものになるはずだよ」

四季は説明しながらふわりと微笑んだ。

怖気づいている私の背を押すような心強くも優しい表情に、不思議と緊張がほぐれていく。

「……わかった、やってみる」

私は背筋を伸ばして気合いを入れる。

手もとに呪力を集中させている間は、四季が死喰いの相手をしていた。青紫の炎で引きつけながら背中ががら空きになるように誘導している。私があれだけ恐れていた死喰いにも四季は難なく立ち向かっていた。

「四季！」

合図を送ると、四季は死喰いから離れてひらりと私の前にやってくる。

「おいで、しっかり支えるから」

私を抱えた四季は、助走もなく高々と飛び上がった。そのまま死喰いの背中目がけて降下する。

（あった、五種神宝の鉄扇）

死喰いの背中に半分埋まるようにしてあった鉄扇は、孔雀《くじゃく》の羽を広げたようなデザインをしていた。

私は鉄扇に狙いを定めて両手をかざす。そして死喰いとの距離がギリギリにまで迫った瞬間、呪力を鉄扇に込めるイメージで思いきり放った。

「ギャアアアア」

死喰いの咆哮《ほうこう》が大地を震わせる。しかしそれも次第に弱まってゆき、鉄扇に吸収されるようにして死喰いは跡形もなく消え去った。

地面には、無事に封印を終えた鉄扇だけが転がっていた。そうして静寂だけが残る。

「終わったの……？」

呆然とした声でつぶやくと、いまだ私を抱えたままの四季がくるりとその場でひと回りした。

「君って子はすごいな、依十ちゃん！　ただ封印をし直しただけじゃなく、清浄化までやってしまうなんて」

「へ？　清浄化って……清め術？」

呪物などの悪しき憑き物を祓うことに特化したお祓いと違い、清め術は負を取り除いて本来のあるべき状態に戻し、正の力に転ずる効果があるものだ。

また呪いを受けた怪我や、妖力が込められた傷を治癒する役割も担っていた。

「でも清め術って相当難しくて、習得できたら陰陽師のほかに『清め師』っていう別称号が付けられるくらい特別で……」

「ならきっと君は特別なんだね」

さらっと言ってのけた四季だが、さすがに極論すぎる。

けれども死喰いが封印されているにしては、鉄扇から感じる気配に禍々しさはない。

「そういえば、どうして封印が弱まっていたんだろう」

「幽世が負の引力に傾いているから、この鉄扇の封印にも影響が出たんじゃないかな。

四十九大河に現れた複数の異形も、死喰いの異形につられて現れたんだろうね」

なるほど、と納得しながら私は拾った鉄扇に目を落とす。

本当に清浄化も済んでいるのか負が蓄積されている感じもないので、急に封印が弱まるということもなさそうだ。それについてはとりあえず安心である。

死喰いに操られていたこの町のあやかしたちも、今は気を失って倒れているがじきに目を覚ますだろう。

「ところでこの鉄扇って――」

鉄扇について四季の意見を聞こうとしたときだった。

いまだ開いた状態だった裂け目から、複数の人影がなだれ込んできたのである。

裂け目から現れたのは、見たことのある狩衣に身を包む人間――陰陽師たちだった。

(なんであの人が!?)

そして先頭に佇む男、法師人朔の姿に私は驚愕した。

「法師人隊長、裂け目の出現は先読みの巫女様の予言どおりでしたが、異形に操られたあやかしが乗り込んでくる気配はありませんね」

「それよりこの倒れているあやかしはなんでしょうか。まさかこいつらが巫女様の言っていたあやかしたちなのか……？」

「総員、構えろ」

拍子抜けた様子でざわついていた陰陽師たちだったが、法師人朔のひと声でその場は張り詰めた空気に変わる。

法師人朔を含め、全員の視線の矛先が私と四季に向けられていた。

私は慌てて四季から借りた鬼面をつけ直す。素顔をさらそうものなら一巻の終わりである。

「お前たちは何者だ。この裂け目をくぐり人間を襲う魂胆だったのか?」

それを聞いて私と四季は顔を見合わせた。

「こっちは死喰いの脅威を食い止めたばかりなのに、ひどい言い草だね」

「……なに?」

法師人朔は、ぴくりと眉を動かした。

けれど四季は構わず会話の主導権を握りながら一歩前に出る。

彼の姿をはっきり目にした陰陽師たちは、その端正な容姿に度肝を抜かれているようだった。

でも、誰もおかしくなっていない。完全に妖力を自分のものにしていることに四季は気づいているだろうか。

「君たちこそ、なぜここに現れたんだい。まるですべてを予言していた口ぶりだったけど。俺たちに教えてくれないかな」

「こ、答えるわけがないだろう！　この蛮族め！」

ひとりの男が声を荒らげると、間髪入れずに術を発動させた。

小さな突風からできあがったかまいたちがこちらに向かって飛んでくる。それを四季は青紫の炎であっという間に相殺した。

「なっ」

「君たちに危害を加えるつもりはない。なにも答える気がないなら今すぐ現し世に帰ってくれないかな」

「立ち去る前に聞きたい。その手にあるのは、神宝か？」

法師人朔は私の手にある鉄扇に視線を投げて聞いた。

ある程度の確信があっての問い。あまり隠す意味もなさそうだったので素直にうなずいた。

すると、法師人朔の後ろに控えている陰陽師たちがわっと騒ぎ出す。

「その神宝は我々陰陽師の始祖が遺した至宝だぞ」

「あやかしが手にしていいものじゃない、こちらによこせ！」

「法師人隊長、あの神宝だけでも我々で奪取しましょう！」

「いや、無駄だ」

法師人朔がそう声を発した瞬間、私の手にあった神宝がぱっと消えた。

「神宝には意思がある。宿主とならない限り、完全に手中に収めるのは不可能だ。……総員、撤退」

「はっ」

踵を返した彼らは、案外あっさりと裂け目をぐって人間界に帰っていった。

「本当になにも教えてくれずに帰るとはねぇ」

呆れたように肩をすくめた四季だったが、その顔は収穫ありげである。

「さっき誰かが先読みの巫女様って言っていたよね」

「ああ。彼らが裂け目を通ってやってきたのは、その巫女の予言によるものみたいだね。陰陽塾で聞いたことは？」

「ううん、ないよ」

先読みの巫女。気になる存在だが、憶測を立てるのは帰ってからにしよう。

「そういえば、四季。あの人たちの前で鬼面を外していたけど、大丈夫そうだったね」

「……本当だ」

四季は目を丸めて鬼面のない自分の顔に触れている。

「まさか気づいてなかったの？」

「依十ちゃんの顔を陰陽師たちに見られるわけにはいかなかったから、素顔をさらしている自覚はあったんだけど……改めて思い返すと妙な心地だな」

「そっか、私をかばってくれていたんだね。ありがとう」

お礼を告げて鬼面を外すと、四季とばっちり視線が重なった。

しばし沈黙が流れる。

死喰いはなんとか封印し、無差別退治の事変も完全になくなり、結果として多くの命を救うことができた。その安堵感が、私たちの意識を数時間前に巻き戻す。

(事故だけど、四季とキスしちゃったんだよね。そのあとあきらかに変な空気になって……)

四季も同じことを考えているのか、口をつぐんでしまった。

「……お前らあああ」

そんな折、遠くから怒号のような声が近づいてくる。

ばっと振り返って目を凝らすと、立派な両翼を豪快に羽ばたかせてこちらに向かってくる夜霞様の姿が闇にぽっかりと浮かんでいた。

額に青筋を立てた形相は凄まじい怒りでゆがんでおり、私は思わずあとずさる。

状況説明にはだいぶ時間がかかりそうだった。

＊＊＊

「あなた様の予言のとおり裂け目は出現しました。しかし、異形に操られたあやかしが人間を襲うことはなく、駆けつけた隊員によればすでに事は収束していたようです」

しゃがれた声の元老院から告げられた結果に爪を噛む。

私、西ノ宮櫻子は、振り返ってにこりと笑みを作った。

「そうですか。でも、どなたも犠牲にならずに済んで安心しました」

というのは建前で、本音はどうでもよかった。

昔の人間やあやかしがどれほど死のうと、現代を生きる私には所詮関係ないことだもの。

「では巫女様、予言の際はまた私どもにご一報ください」

「ええ、わかりました」

ようやく部屋から人がいなくなり、私はふっとため息をつく。

今回の予言は、現代で『無差別退治』と呼ばれている幽世事変のひとつだった。その歴史が変わったということは、誰かが故意に介入した線が色濃い。

「……きっと依十羽だわ。やっと現れたのね。もう待ちくたびれたわ」

陰陽師の末裔であるあの子なら、この事変を阻止するために動くと思っていた。

でも、本当に止められてしまうのは想定外。忠実の歴史のまま時が進むのを望んでいる私にとって、先ほどの老人の報告は気分のよいものじゃなかった。

「これも全部、あなたのせいよ。犬のくせに、私の手を煩わせるから」

ああ、腹立たしい。どうして私がこんな時代に来なければならないの。

それを考えるたび、脳裏にはあの子の姿が浮かんだ。

――父が連れてきた婚外子。それが依十羽だった。

あの子の秘密を知ったのは、西ノ宮家に引き取られて間もない頃のこと。

双子の妹たちにアクセサリーを奪われたとかで揉《も》めていたところに鉢合わせた私は、依十羽の力の暴走に巻き込まれた。

体には火傷痕が残り、許してあげる代わりに私の犬になってと言ったら、本当に従っちゃうんだから愉快よね。

毎日が果てしなく退屈だったから、あの子の罪の意識に付け込んで遊んであげるのはよい時間つぶしになった。

あるとき、父の書斎で見つけたのは陰陽師に関する数々の資料だった。

依十羽の祖父の自宅で保管されていたらしい古びた記録には、現代で習う陰陽師の歴史とは違った部分がかなりあった。

幽世事変のひとつ、無差別退治の原因も、もとは死喰いという異形が暴走した結果の騒動だというし。帝都は陰陽師を英雄視する人々ばかりだったようだ。

そして人妖学園に進学して一年と少しが経った頃。美鈴と美玲の嫌がらせで元・禁足地に足を踏み入れた依十羽は、忽然《こつぜん》と姿を消した。

双子に腕を引かれて小屋を確認してみると、本当に依十羽はいなかった。

代わりに地面に落ちていたのは、依十羽のロケットペンダントと、古くさい丸鏡。

おもむろにそれらを手に取った私は、いつの間にか気を失い見知らぬ場所で倒れていた。

目覚めると、無駄に綺麗な顔をした男・法師人朔が私の素性を尋ねてきた。

話をしていくうちにここが明治の世であり、私はタイムスリップした事実を突きつけられる。

人妖共生の現代を生きる私にとって、将来あやかしの花つがいになることを約束された以上に最高な未来は存在しない。なのにこの帝都ではあやかしが悪とされ、退治すれば英雄だと讃《たた》えられる。

こんな価値観の違う時代には耐えられない。どうにかして現代に戻らなければ。

しかし、私をこの時代に飛ばした元凶である古くさい丸鏡——五種神宝・久遠鏡に強く念じたところで無意味だった。

父の書斎にあった資料にも書かれていたが、五種神宝は宿主を選定するらしい。そして宿主の意思によって自らの力を発動させるのだという。

私の意思で動かないということは、状況的に宿主は依十羽なんだろう。じゃあどうして私はこの時代に飛ばされたのかと初めは不思議だった。

でも、その理由はすぐにわかった。依十羽が大切にしていたロケットペンダントだ。

元老院の話によると、これは陰陽始祖という昔の大陰陽師が身につけていた代物らしい。チャームを開けると複雑な紋様が刻まれており、相当の呪力が蓄積されているのだという。

それが昔の大陰陽師の呪力か、あるいは依十羽の呪力なのかは知らないけれど、このロケットペンダントを持っていたから私は久遠鏡に宿主と勘違いされて明治の世に飛ばされたのだ。

依十羽が小屋から消えたというなら、あの子もこの時代にタイムスリップしている可能性が高かった。

であれば、私は依十羽を探すためにできることをするしかない。そう考えて思いついたのが予言だった。

幸い私には現代の知識と、父の書斎にあった陰陽師の記録の内容が頭に入っている。

現代に帰るまでの居場所を確立させるためにも、歴史の内容をうまいこと利用した。

その甲斐あって『先読みの巫女』と崇められるようになり、最近では陰陽寮の外でも噂が流れているらしい。

そうしているうちに、ようやく予言が外れた。

幽世事変。陰陽師が現代で叩かれる要因となっている出来事が、誰かの働きによって阻止されたのだった――。

もちろんそれは、依十羽なんでしょうね。だってあの子は陰陽師の末裔だもの。きっと歴史を変えるために必死で動くと思っていた。

「あとは……時期もぴったりだし、もうすぐね」

私は数日前に偶然耳にしたある計画について思い出す。

この陰陽寮は大きくふたつの派閥に分かれている。

人間界に現れた異形や悪妖のみを一掃し国家の防衛を第一に考える保守派。

負の根源を断つため、あやかし界に突撃してすべて根絶やしにと企む過激派。

人物をあげるなら法師人朔は保守派で、元老院の年寄りたちは過激派揃いである。

どうやら過激派の目的は、現在あやかし界にある五種神宝を回収することと、信仰する陰陽始祖の古墳が数か所あやかし界にあるとかで、その御霊を救済することらしい。

そのため、水面下では突撃準備の計画を粛々と進めているという。

あやかし界への突撃がなにを意味しているのか、依十羽ならわかるはず。なにせ現代では陰陽師の立場を決定づける最悪の事件なんだから。

「事を起こせば、現れるわよね」

　このまま史実どおりに大規模侵攻がおこなわれれば、どこかしらで依十羽に会えるはず。きっとあの子は多くのあやかしの命が危ないと知っていながら見過ごすことなんてできないタイプだから。

　現代でもそうだった。困った人間やあやかしを見つけると手を差し出さずにはいられない。そのくせ陰陽師だとバレる可能性が高くなるから対人関係が苦手で、強気な態度を取っているけど内心びくびく怯えていた。

　典型的なお人好し。人付き合いに関しては要領が悪くて面倒くさい。

　犬だと思えば可愛いけれど、同じ人間としては心底反吐《へど》が出る。

（まあ、それはどうでもいいわ）

　ひとまず私は過激派に知恵を貸し、行動制限を緩めてもらえるようにさらなる信頼を得よう。そして混乱に乗じて現代に戻ってしまえばそれまでだ。

　この時代で何万の命が散ろうとも、所詮私には関係ない。むしろ歴史どおりに進めるのが、人妖共生の未来を作るためにも正しいに決まっているわ。

第十一話

天狗国で阻止した無差別退治と死喰いの封印の件は、その場に駆けつけた夜霞様から細かく尋問を受けた。

私は四季と口裏を合わせ、異形の出現と聞いて心配し夜霞様を追いかけた結果、別の問題に巻き込まれてしまった、というふうに伝えた。

死喰いを封印する五種神宝の鉄扇については夜霞様も既知の事実だったらしい。なんなら四十九大河の森にある陰陽始祖の小古墳に祀られている物だとこっそり教えられて、こっちが驚いてしまった。

あのとき私の手もとから消えてしまったが、異形退治後に夜霞様が確認したときには小古墳の中に変わらずあったというので、鉄扇にとっての宿主もその場所になるのだろう。

そんなこんなで天狗国から梅花領に帰ってきた私たちだったが、あれからというもの、なんとなくお互いに遠慮をしつつ生活していた。

極端に変化があったわけじゃない。普段の暮らしや会話はいつもどおりだけれど、核心にはどちらも触れないでいる、という感じだ。

あの瞬間確かにあった独特な空気感を、こうしてふたり揃ってうやむやにしてしまうのは、そうすることが自分たちのためだと言わずもがな理解しているからなのかもしれない。

陰陽塾で授業の日。私は蝶々ちゃんたちから先読みの巫女の噂を聞いた。

次々と未来を予言しては当てているその人物は、陰陽始祖様の遺物を所持しているため、その血筋かもしれないと言われているらしい。

しかし陰陽寮でも会える人は限られており、普段から公の場に姿を現すことはないのだという。

（予言、か……）

主に人間界で起きる騒ぎを先読みのごとく予言するらしいが、その人にはこれから起こる大事件はどのように見えているのだろう。

陰陽師による人類史上最大の愚行にして悪行――大規模侵攻の時が、刻一刻と迫っていた。


その日の夕方、私は梅花の間で四季と向かい合っていた。

「大規模侵攻……」

「この時代に来たときは年代がよくわからなくて、もっと遠い先のことだと思っていたんだけど。もうあまり日がないの」

陰陽師の侵攻は、無差別退治からそれほど期間を空けずにおこなわれている。日数でいうと二十日前後。次の新月辺りである。

「鬼ノ国、九尾国、天狗国。この三つを同時に襲撃するなんて、いったいなにが目的なんだ……？」

四季はひとりごとを言いながら眉をひそめて熟考する。

話した私も、陰陽師の侵攻理由は『あやかしの殲滅《せんめつ》』とだけしか知らない。しかし四季はそれ以外にも目的があるのではないかと考えていた。

「……もしかして」

私は死喰いを封印したあとに現れた法師人朔を含めた陰陽師たちの発言を思い起こす。

「五種神宝も狙いのひとつなのかな。あのとき陰陽師の人たち、鉄扇を気にしていたから」

しかし五種神宝は宿主を選定する。強引に奪い取ったところで手もとから消えてしまうので意味がない。

「宿主……そうか、宿主か」

納得した様子で四季は首を動かした。

「なにかわかった？」

「神宝は宿主のそばを己の居場所に決めるという話だったね。あの鉄扇の場合は四十九大河の森にある小古墳だ。そして国主殿から聞いた話によると、あの小古墳には陰陽始祖の骨の一部が収められているらしい」

「そっか。もう亡くなってしまったけど、鉄扇にとっては陰陽始祖が変わらずに宿主で、だから骨の一部がある小古墳に戻っていったんだね」

となると、だ。陰陽師たちの目的があやかしの殲滅と、仮定ではあるが五種神宝の回収なら、陰陽始祖の骨の一部がある小古墳も集中して狙われる危険があるかもしれない。

「それなら鬼ノ国の妖都と、九尾国の西にある湖都も危ないな」

「え、どうして？」

「そこにも五種神宝があるからだよ」

「あやかし界に三つも神宝があるってこと!?」

四季は平然としているが、私は新たな事実の発覚に声が大きくなる。

「そうなるね。知っているのは国主の一族と、その土地を管理するわずかなあやかしだけど」

いよいよ大規模侵攻の狙いのひとつに、五種神宝の奪取が含まれている線が濃厚になってきた。

（あやかし界に神宝がひとつあっただけでも驚いたのに全部で三つって。絶対に陰陽

寮では機密事項でしょ）

先日の陰陽師たちの反応を思い返すと、躍起になって取り戻そうとするのが容易に目に浮かぶ。

「日がないならすぐにでも各領や国主に知らせを送る必要があるね。こんな大ごとを封書で理解してくれるかわからないけど。あとは各地の防衛を……」

「あの、四季」

「ん？」

「ありがとう、いつも私を信じてくれて」

大規模侵攻に向けてさっそく対策を練ろうとしている四季を見ていたら、自然とお礼を言いたくなった。

どんな内容でも四季は当たり前のように信じてくれる。こんなにありがたい味方はほかにいない。

私の突然なお礼に面食らっていた四季は、そのあとふっと笑って目を細めた。

「君を疑う暇があったら、少しでも助けになることを考えるよ」

……ああ、帰りたくないなぁ。

心の内であろうと絶対に思うまいと気をつけていたのに、あまりにも四季がまっすぐな言葉をくれるから本音が出てしまった。

　こうして大規模侵攻に向けた対策と備えの日々が始まった。

　まず初めに四季は、この幻楼閣のあやかしを大広間に集めて陰陽師の脅威が迫っていることを皆に伝えた。

　いくらなんでも大げさすぎる架空の事態に、四季を慕っているあやかしたちもさすがに困惑していたが……。

「ともに脅威を食い止めろと命じるつもりはない。どうか君たちは、自分の身と、家族を優先してくれ。そして俺は君たちを含め、力の限りすべてを守ると約束する」

　四季は誠意を見せる意味合いを込めて鬼面を外した。そんな彼に誰もが驚いていたけれど、最終的には全員が説明に納得してくれた。なによりも主の素顔を見られたことに皆嬉しそうだった。

「いや～固い忠誠心に泣けてきましたわ。にしても領主さん、どえらい美貌の持ち主だったんですね～」

「叉可さん!?」

　説明後、ひょっこり現れたのは叉可さんだ。

「こんにちは花つがい様。呼ばれたのでさくっと来ました」

「すごい早いですね……」

四季が封書を送ったのはほんの二時間前のはずなのだが、相変わらずのフットワークの軽さに度肝を抜かれた。

「ああ、叉可。来てくれてありがとう」

四季は外した鬼面を再度付け直しながら叉可さんを迎えた。一時的に外したとはいえ、やっぱりまだ人前では装着がデフォらしい。

「いーえーお安い御用ですわ。それにぼくも似たような話を耳に挟みましてね」

四季は陰陽師の大規模侵攻について鬼ノ国と天狗国の妖都に封書を送っていた。しかし九尾国の国主とはまったく面識がないため、親交が深い叉可さんの協力を得たのだ。

私たち三人は大広間から場所を客間に移した。四季はさっそく本題に入る。

「叉可、似たような話って？」

「現し世の商いで茶屋をやっている同胞がいましてね。客の陰陽師たちが人為的な裂け目を発生させて幽世各地を襲撃する計画を話していたそうで。そうしたら領主さんからあの知らせでしょ？　こりゃ只事ではないと思ったんですわ」

タイミングが合いすぎて怖いくらいだが、叉可さんは九尾国だけではなく、各御三妖との謁見にも同行してくれるらしい。腕利き商人で引く手あまたの叉可さんが証言してくれるなら、より信ぴょう性が高いと思ってもらえるはずだ。

「報酬は縁側でのお茶会で構いませんよ。ぼく、おふたりとまったりする時間を意外と気に入ってるんでね〜」

「はい、もちろんです」

「お安い御用だよ」

叉可さんの希望報酬を聞き、私と四季は顔を見合わせて笑った。

こうして頼もしい味方を引き連れ、私たちは鬼ノ国と天狗国の謁見に向かった。

まず向かった鬼ノ国・妖都城郭では、なぜか天王家のきょうだい勢揃いで謁見の間におり、話を進めるのに苦労した。

雨随は小馬鹿にするし、牡丹は甲高く笑い、清は頭の具合を指摘する始末。またしても口論がヒートアップしそうなところで、咲月がうなずいたことにより謁見は終了した。

「夜霞殿からお前たちの活躍は届いている。叉可殿の証言も考慮し、今回は我々も気を引き締め備えておこう。依十羽、お前も呪物祓いご苦労であった」

「は、はい」

いきなり天狗国に行って試しに呪物祓いをしてこいと連絡を受けたときは正気かと思った。しかしあの命令がなければ無差別退治も阻止できていなかったので、なんとも言えない反応になった。

続いて向かった天狗国・妖都城郭では、天王家とは比較できないほど短い時間で話がついた。

「お前たちには世話になったからな、嘘をついているようにも見えねえし。それに叉可の情報はうちの諜報烏《ちょうほうがらす》並みに信用できる」

夜霞様も防衛網を張ってそのときに備えると約束してくれた。

残る九尾国の国主は好き嫌いが激しいと有名な性格のため、信頼されている叉可さんのみ謁見するのがスムーズに済みそうだということになった。

なので叉可さんを梅花領主の代理人として立て、四季の封書を持って湖都の城郭に向かってもらった。

次の日、叉可さんは『なんとか信じてもらえましたわー』とひと仕事終えた顔で戻ってきた。

こうして無事に御三妖への根回しも済み、目まぐるしく過ぎ去る日々。気づけば大規模侵攻まで五日を切っていた。

その夜に夢を見た。

私は過去から現代に戻っていて、相変わらず西ノ宮の家にいる。

しかし前と違うのは、皆で仲良く食事の席についている。肩にはコンとポンがいて、そこは陰陽師である私が受け入れられている世界だった。

学園には友達がいて、私は輪の中で楽しそうに笑っている。でも、ふと空虚感に襲われる。理由はわからないけど、誰かを探しているのか何度も後ろを振り返っていた。

私はいったい、誰を探しているの？

「……はっ!?」

目が覚める。見たばかりの夢が鮮明に思い出され、頬を流れた冷や汗が布団に滑り落ちた。

一度体勢を変えて寝転がってみるけれどまったく寝つけない。私はふうっと深呼吸をして布団から抜け出した。

『イト、おさんぽ～？』

「うん」

枕もとに置いていた和紙札からコンとポンが出てきて、私はふらっと庭園内を散歩した。

しばらく歩いたあと、池の畔までやってきてしゃがみ込む。私の肩から離れたコンとポンは、水面ギリギリを飛ぶ遊びに夢中になっていた。

「依十ちゃん、眠れないの？」

そこへ四季がやってきた。白地の寝巻きに黒っぽい羽織りをかけている。

「ちょっとね。散歩したら眠気がくるかと思ったんだけど」

「隣いい？」

「うん」

すると四季は自分の羽織りを脱いで私にかけてくれた。

「今夜は少し冷えるから」

「ありがとう。四季は大丈夫？」

「平気」

四季の瞳がふわりと優しげな感情を覗かせる。

「鬼面、今はしてないんだ」

「妖力が安定して前より断然動きやすくなったからね」

「でも昼間はつけてることが多いよね。どう区別してるの？」

四季は少し考えたあと、池に視線を投げて言った。

「区別というより、公に顔をさらすのに慣れないせいか、つい鬼面をつけちゃうんだ。依十ちゃんには最初から見せられたのにね」

「そのうち気にしないでいられるようになるよ。もうずっと妖力は安定してきているし、私がいなくても大丈、夫……」

言ってすぐに先ほどの夢が思い出された。

どうしてあんな夢を見たのだろう。大規模侵攻の日が近づいてきて、それを食い止めることができたら、私が現代に戻るための久遠鏡探しがまた始まるから？

（だからってあんな夢）

私がいなくても大丈夫だなんて、いったいどの口が言っているのだろう。

（大丈夫じゃない。私が大丈夫じゃない）

あんな世界は絶対に嫌だと思った。

すべてに満たされているようで、なによりも大切なものが欠けてしまっている。不自由なく暮らしているはずの夢なのに、四季がいないというだけで、私の世界はあんなにも生きた心地がしなくなるんだ。

「大丈夫じゃない」

一瞬、私の口から出たのかと勘違いした。しかし本当の声の主は、こちらを見つめている。

「俺は全然大丈夫じゃないよ」

「……え？」

「君がいなくなったあとなんて考えたくもない」

冗談ではなく本気で言っているからこそ返答に迷った。

それってつまり、と四季の心にあるのかもしれない私に対する気持ちを探してしまう。

「私も、大丈夫じゃない。考えたくない」

そんな弱音を吐いてしまった私を、四季はなにも言わずそっと抱きしめた。

こんなに距離が近くて、それを許し合っているのに。

好き。その言葉が伝えられない。

しばらく沈黙が続く。触れたぬくもりの心地よさに、そのうち眠気がやってきて意識がぼんやりとしていく。

「おやすみ、依十ちゃん」

最後になだめるような声で、四季はそう言っていた。

ふと目を覚ましたとき、私は自分の部屋の布団に寝かされていた。枕もとにはコンとポンが丸まって寝息を立てている。

まだ夜が明けきれない時間帯。肘掛窓から窺える空は目の奥まで染み入ってくる暁色だった。

覚醒しきっていない頭でぼんやりと考える。

昨夜の四季との会話も、すべて夢だったのだろうか。

しかし手で握っていた四季の大きな羽織りが目に飛び込んできて、池での出来事は現実なのだと悟る。

朝食の席でどんな顔をして挨拶をすればいいんだろう。

四季への接し方について悶々と悩ませていたとき、楼閣中に緊急事態を知らせる警鐘が鳴り響いた。

最低限の身支度を済ませたあと、眠っていたコンとポンを連れて廊下に出る。ちょうどこちらに走ってきた風鬼ちゃんと鉢合わせた。

「依十羽様〜！　ご無事ですか!?」

「うん、大丈夫だよ。それよりこの音って敵襲を知らせる合図だよね。なにがあったの？」

「陰陽師です。夜の間にいくつかの裂け目を通って領都を囲んで、つい先ほど攻撃をしかけてきたようなんです〜！」

「……あと数日猶予があったはずじゃっ」

だが実際に攻撃はおこなわれている。警鐘の音は幻楼閣だけではなく、領都の各所にある警鐘台からも鳴っていて、空には細い煙がいくつも上がっていた。

「四季様は各場所に向かわれています。私は依十羽様を安全に避難させるよう命じられていますっ」

「そんな、ひとりだけ避難なんてできない！」

首を振ったのと同時に、ドッと重苦しい妖力の気配が肌をかすめた。

目の前の風鬼ちゃんが膝から崩れ落ちる。

「うっ」

「風鬼ちゃん!?　大丈夫!?」

急いで駆け寄ると、風鬼ちゃんは呼吸を荒くさせて肩を上下に動かしていた。

今、旋風のように吹き抜けていったのは、四季の妖力の圧だった。暴走していてもおかしくない凄まじさだ。

「風鬼ちゃん、呼吸が落ち着くまでここにいて」

「そんな、だめですっ」

「今の四季の妖気、前に暴走していたとき以上の力があった。四季が心配なの。お願い、行かせて」

そう言って風鬼ちゃんを襖に寄りかからせ、私は立ち上がった。

「カグレ？」

振り返ると、そこには床に座り込んだカグレがいた。私をじっと見つめたあとで、執拗に背中を向けてくる。

「もしかして四季のところに連れていってくれるの？」

カグレは鼻先を上下に動かして反応する。うなずいているような仕草だ。

「ありがとう。じゃあ、よろしくね」

私はカグレの背に跨がり、コンとポンも同じように毛にしがみつく。

ちらっと首を後ろに動かして全員が乗ったのを確認したカグレは、近くの部屋から大きく外へ飛び出した。

しばらく風の抵抗に耐えていると、カグレの走りがピタリと止まる。

「ここは？」

私はそっと顔を上げて辺りを見渡した。

目に飛び込んできたのは、うめき声をあげて苦しむ多くの陰陽師の姿。

地面に頭を打ちつけている人、狂ったように笑い声を発している人。さまざまだが、正直どれも見ていられない。

そんな混沌《こんとん》とした場所から距離を取り、あふれる自分の妖力に耐え苦しんでいる四季を見つけた。

「……四季っ」

駆け寄って背中をさすると、四季は虚ろな眼差しを向けてくる。角は浮き出て、眼がこれでもかと発光していた。

（呪力で調和をしないと）

ふらっと前方に傾いた四季を、私は倒れないように腕を回して支えた。

自分の呪力で四季の体を包み込む。あふれ出す妖力を優しくいなし、ゆっくりと落ち着かせるように調和させていく。

そのうちだんだんと四季の妖力は収まっていった。

ふっと腕で支えていた体の重さがなくなったかと思えば、しっかり体勢を立て直した四季が呆然とした顔で私を見返していた。

「よかった、落ち着いた？」

「依十ちゃん、どうしてここに……痛っ」

突然四季は額を押さえて苦痛に顔をゆがめた。

「え、四季。頭が痛いの!?」

「ああ、いや。ちょっと力の使いすぎで」

言いながら四季はハッとした様子で辺りを確認する。そして気がおかしくなった陰陽師らを視界に収めた途端、顔をこわばらせた。

「俺はまた同じことを、クソッ」

苛立って声を荒らげた四季。自分に怒りを覚えるのと同時に、ひどく悲しんでいるのだ。

あの陰陽師たちの姿こそが前に四季が言っていた、魅了する力の影響で頭がおかしくなった状態の究極形なのだろう。

「……四季、ちょっと待ってて」

「依十ちゃん？」

気が触れてうめき声を発する陰陽師のひとりに近づいていった私に、四季は焦りを見せる。

はたして成功するかはわからないが、ものは試しと私は両手を陰陽師にかざした。

（呪力で包み込むイメージ）

そこに死喰いを封印したときの感覚で呪力を込めていく。

指先がチリッと痺《しび》れを感じた。それでも慎重に呪力を調節していくと、目の前の陰陽師からうめき声が消えていく。

様子を見ながら呪力の流れを止めて、私はそっと腕を下ろした。

ぱたりと横に倒れた陰陽師は、気を失ってはいるものの、もう先ほどのような状態ではなくなって規則正しい呼吸を繰り返していた。

「依十ちゃん、なにをしたんだい……？」

近づいてきた四季は信じられない様子で聞いてくる。

「死喰いの封印をしたとき、私が無意識に清浄化もしていたって言っていたでしょ？だからそのときの感覚を思い出しながら清め術をやってみたんだ」

「いや、なんで。そうしようと思ったの？」

「清め術はね、負を取り除いた上で本来のあるべき状態に戻したり、正に転ずる効果があるの」

ということは、たとえ四季の魅了の力で精神をおかしくしても、清め術で本来の正しい状態に戻すこともできるんじゃないかと考えたのだ。

「それで試してみたら、できたというか」

「………」

四季は声を失くして立ち尽くしている。

そんなに驚かせてしまったのだろうか。でも……。

「四季にあんな顔、させたくなかったから」

自分の力を憂いて後悔にさいなまれたり、悲しんだりしてほしくない。

「……本当に君って子は、いつも俺を救ってくれるんだね」

片手で顔を半分覆い隠した四季は、弱々しくもどこか熱っぽく笑っていた。

その後、陰陽師たち全員を清め術でもとの状態に戻した。

しばらくして駆けつけてきた四季の配下によって陰陽師らはひとり残らず縛り上げられた。

「くれぐれも危害は加えないように。裂け目に投げるだけにしてくれ」

四季が早い段階から対処に動いてくれたおかげで、梅花領のあやかしの犠牲はゼロである。

しかし大規模侵攻はまだ終わっていない。おそらくここよりも激しい攻防線となっている妖都に向かうため、私と四季は瞬間的に移動ができる天妖門へと急いだ。

天妖門を使ったおかげで一瞬で妖都に到着した。

城門周辺まで移動したところで、激しい衝突音が辺りに響く。

「あやかしどもは皆殺しだああ」

「門を破壊し占領するぞ！」

城郭の大門は閉め切られており、外側にいる陰陽師たちが容赦なく術をぶつけていた。そして大門の内側、城郭の敷地内には優に千を越えるあやかしが避難をしているようだった。

「咲月兄さん」

「四季、か？」

封鎖する大門の前に佇むのは、咲月だ。現れた私たちの姿に驚き、さらに鬼面をしていない四季の顔を一瞥して目を見張っている。

瞬間、空気がざわっと揺れた。周りにいた城郭勤めのあやかしたちも、突然やってきた謎の男の正体が四季だと知ると、動揺に顔を染めていた。

「お前についての話は後ほどゆっくり聞かせてもらうとして。今はこちらの対処だ」

咲月は冷静な面持ちで大門を見やった。いまだ周囲は呆けているのに、凄まじい切り替えの早さである。

「結界を張っているんだね。それも、五つも」

「都に四つ、この城郭を囲うのにひとつだ」

横で聞いていた私は驚きを隠せなかった。

彼は膨大な広さを誇る妖都を四つの区画に分けて結界を展開し、さらにはこの巨大な城郭にまでそれを張っているというのだ。

「咲月兄さんのことだから心配はしていなかったけど、ここまでの規模のものだとさすがに手一杯じゃない？」

「それゆえにお前が駆けつけたのではないのか」

なにか知ったふうな口で咲月は四季を見据えた。

四季は少し間を空け、ふっと笑う。

「うん、そう。でも俺だけじゃない。依十ちゃんがいるから、俺は大丈夫でいられるんだ」

「……なるほどな」

　ちら、と私に視線を流す咲月。

「では余すことなく、お前の〝力〟で侵略者共をねじ伏せるといい。いや……あとは、頼んだ」

　一瞬、驚愕と戸惑いの両方を表情に色濃く浮かべた四季。けれどすぐに笑顔に戻った。

「ありがとう、咲月兄さん」

　今の会話には、ふたりにだけ通じるなにか別の意味が隠されているように思えた。

「依十ちゃん、おいで」

　四季は両手を広げて構えている。移動するので自分に掴まってというジェスチャーだ。

「あの、失礼します」

「お前にも言っている。弟を頼むぞ、花つがい」

　去り際に会釈をすると、彼は真剣な眼差しをこちらに向けていた。その目に浮かぶ感情には少しだけ慈愛が含まれている気がした。

　咲月が妖都に四つの結界を張ったことにより進行路が限られた陰陽師たちは、城郭の大門前に流れ込むようにして集まっていた。しかし城郭も結界により侵入不可能となっているので、大門を破壊するために術を放ち続けている。

「咲月兄さんの結界はそう簡単に破れるものじゃないんだけどな」

「これからどうするの？」

なにか考えがありそうな四季にそう問うと、彼は静かな面持ちで私を見下ろした。

「もしかすると、君は薄々気づいているかもしれないけど。俺の力は――」

そこまで言って、四季は少しためらう。

話しづらいことなのだと思う。だからこそ私は黙って言葉を待った。

「本当は、ただの魅了じゃない」

「……ちょっとそうなのかなって思ってた」

軽くうなずくと、四季は拍子抜けする。

「それだけ？」

「夜霞様もそれっぽいことを言っていたし」

「彼が、なにを？」

予想外だったのか四季は食い気味に尋ねてくる。

「あれは魅了のひと言で済ませていいものじゃないって。それに死喰いのときも……操られたあやかしの居場所を探るだけじゃなくて、四季、ほかにもなにかやっていたよね？」

離れた場所にいたのに、まるでその場にいるかのような状況説明。というより操られた者の視点で語っていた。

「でも四季が話さないってことは、話せない理由とか、なにかあるんじゃないかと思って。気にはなるけど聞くつもりはなかったよ。私が四季のそばにいたい気持ちは変わらないから」

最後の一文はちょっと告白くさくないかと内心焦って冷や汗が出る。

（昨日の夜もそれっぽいことを言った気がするから、本当に今さらなんだけどっ）

昨夜、少しだけ本音をこぼしてしまったからか、妙に口が滑ってしまう。今はそれどころじゃないのに。

「ねえ、依十ちゃん。ここを無事に乗り切ったら、いい加減君に好きって伝えてもいいかな」

「ん？　……え？」

なにを言われたのか一瞬理解ができなかった。

「俺の気持ちを伝えたところで未来に帰る君のためにならないとか、告げたら最後で帰したくなくなるとか、いろいろ考えていたんだけど」

「あ、の、ええと」

まだ頭が追いつかない。私は今、四季に好きって告白されたの？

「君を見ていたら、さすがにもう限界。俺の力のことも含めて、君に全部話すよ」

四季は熱のこもった瞳を細め、動揺している私の手を取る。

そしてこの大規模侵攻を乗り切るために、彼は大門の破壊に注力している陰陽師たちに向かっていった。

大門前に来るしか道がなかったとはいえ、侵攻してきた陰陽師たちはしっかりと陣形を組んで整列していた。

「そこ、止まれ！」

軽い足取りで歩みを進めていた四季と、彼に手を引かれてついていっていた私は当然すぐに見つかり、警戒態勢を取られる。

「お前たち、あやかしだな!?　たったふたりで敵陣に乗り込んで来るとはなんて愚かだ」

先頭に立って話している男は、おそらくこの大集団の統率者。黒の線がところどころに入った狩衣は、階級上位の証である。

「こっちとしては撤退してくれるとありがたいんだけどね」

大勢を前にしても四季の態度は変わらない。むしろ余裕すら感じられた。

「は、なにを言っている。ようやくあやかしどもを殲滅する好機が巡ってきたというのに。貴様らは異形となんら変わりない化け物であり、負の根源だ！　我々は同じ志のもと、こたびの侵攻に尽くしている」

気が昂《たかぶ》っているのか、男はかなり饒舌だ。

「……大義を掲げているにしては、君らのところの英雄様はいないようだけど？　それとも別の場所にいるのかな？」

四季は不思議そうに首をかしげた。

「あの腑抜け、あやかしにも名が知られているとは生意気だな。この大義を掲げる侵攻が開始されていることすら知らずに、細々と異形を退治しているだろうよ」

なにか変だ。大規模侵攻は陰陽寮の陰陽師が一丸となって起こした事件ではないのだろうか。

「どうやら、彼らは過激派だね」

「過激派？」

「この数日、現し世で探りを入れていた叉可が言うには、現在の陰陽寮には保守派と過激派の二派閥があるらしい。彼らは後者なんだよ」

過激派は元老院や、術者界隈《かいわい》の重鎮と呼ばれる人たちが多くいるらしい。あの男の発言からして、法師人朔は保守派なのだろう。

「どちらにせよ幽世から追い出さないことにはこの侵攻も止まらない。君たちには、穏便に帰ってもらおうかな」

「ハッ！　なにを言っている貴様、いくらあやかしだろうと、この人数を相手になにがで……き──!?」

男の発言に目もくれず私の手を握った四季は、自分の妖力を一気に放出する。

まず、声高々に豪語していた男の声が途切れた。続いて重力に押し負けたように地に伏せ、両手をついたまま動かなくなってしまった。

「な、なんだこれ!?」

「体が動かないっ」

「ひいっ、どうなっているんだ！」

大門を破壊しようとするすべての攻撃音が消えた。そして陰陽師たち全員がこうべを垂れるようにその場で力なく平伏したのである。

皆なにが起こっているのかわからず、恐怖に慄く弱々しい声だけが各々からあがっていた。

（すごい汗……）

隣に立つ四季は今も集中したように瞳を大きく広げている。こめかみから滴った汗が頬を流れ、顎先から落ちた。黄金の瞳は、燦然《さんぜん》とした輝きを放ち続けている。

「〝幽世から去れ〟」

ふっと四季が言葉にした途端、背を丸め平伏していた陰陽師たちが揃って立ち上がり、ふらふらと歩みを進め始める。

訳がわからない。だけど恐ろしい、怖い。そんなふうに、大門から離れていく陰陽師たちは揃って似たような表情をしていた。

私も呆然と見つめるしかできない。

こんなにも呆気なく、あっという間に脅威は去った。

「……っはぁ、キッつい」

「大丈夫⁉」

「うん、なんとか。ありがとう、そばにいてくれて」

多くの陰陽師たちの背中が遠くに確認できるようになった頃、四季はその場に座り込んだ。

「……今のは、なんだったの？」

「これが、本来ある俺の力。言葉を使って支配したのは初めてだったけど」

「魅了じゃなくて、支配する力ってこと？」

すると四季は眉尻を下げて、少々複雑そうにする。

「もともとはこの桁違いで扱いづらい妖力を抑制できずに表れた特性が魅了だった。

相手の意識を奪って本能を剥き出しにさせる力、だから魅了といえば魅了なんだけど、加減によって変わってくる。それに……」

四季は一度言葉を切ると、「支配より、魅了といったほうが聞こえが軽い気がしない?」と言って控えめに笑った。

「軽く聞こえていたほうが都合がよかったってこと?」

「今、鬼ノ国に国主はいない。咲月兄さんで決まってほしいところだけど、ここにもいろいろと派閥があってね。簡単に国主として据えられないのが現状なんだ」

きょうだいたちも表では咲月に従っているけれど、皆異母きょうだいであるため、それぞれ後ろ盾が違うらしい。

確かに、そんな厄介な状況で他者を支配する力がある次男が出てきたら、状況はさらに複雑になってくるだろう。

だから四季は、自分にある力がただの魅了ではないと察したときから、危険因子と認識されないよう『自分は驚異ではない』と見せるために軽そうに装ってきたのだという。

「咲月兄さんは勘づいていたみたいだけどね。きょうだいの誰よりも鋭いからさ」

これで、大門前でのふたりのやりとりに納得がいった。

「もちろん俺が国主になれるとは微塵も思ってない。だけど少しでもお家騒動に巻き込まれる可能性があるなら自ら芽を摘む必要があった。周りから馬鹿にされ、自分の妖力すらまともに扱えない半妖だと思われるのはある意味、好都合だった」

「うん」

「まあ君に出会うまでは妖力も安定しないし、制御できなければ力の加減なんて夢のまた夢だった。だから結局は魅了や支配を通り越して相手をおかしくさせてしまっていたんだけどね。本当に、厄介な力だよ」

こうして笑ってはいるけど、きっといろんなしがらみに耐えていたはずだ。花つがい役を引き受けた日も、四季は虚しそうに笑っていた。

私の呪力で調和されたことで、あのときより少しでも四季の重荷が軽くなっていたらいいなと、願わずにはいられない。

「依十羽」

そのとき、背後から私を呼ぶ声がした。ハッとして振り向くと、そこにいたのは——。

「櫻、子……？」

どうしてここに、と言おうとして、声を失った。

櫻子の手にあったのは、古びた久遠鏡だった。

「ようやく見つけたわ。ここで会えて本当によかった」

にっこりと目を細めた櫻子は、私の前にやってくると手に持った久遠鏡を見せてきた。

「これを使って私と現代に帰ってちょうだい」

「急になにを言って……ど、どうして櫻子がこの時代に？　それに、どうしてここに？」

あとずさると、櫻子は張り付けた笑みのまま頬をピクッと動かした。

「見てわからない？　私もこの久遠鏡で過去に来てしまったからよ。あなたも美鈴と美玲の悪ふざけで小屋に閉じ込められたとき、これに触れてこの時代に来たんでしょう？」

「そうだけど。でも、久遠鏡の力は宿主にしか使えなくて……」

「これのせいよ」

そう言って櫻子は、首にかけられたロケットペンダントを胸もとから引っ張り出した。

「陰陽始祖の所持品だったものらしいわね。チャームに呪力がたくさん蓄積されているんですって。あなたがいなくなった小屋の中に、このペンダントと久遠鏡が一緒に落ちていてね。両方拾ったらあっという間に時代を越えてしまったから、きっと宿主だと勘違いして私も飛ばしたのね」

櫻子は理解を示した様子で淡々と説明する。

私が古びた久遠鏡の宿主になっているのなら、どうして手もとに現れないのかと疑問だったけど。おそらくロケットペンダントに溜まっていた呪力に引きつけられていたから、櫻子のもとに残っていたんだ。

「話はわかったでしょう？　宿主のあなたが望まないと、この鏡も力を使ってくれないらしいの。だから、一緒に現代へ帰りましょう」

「帰る？　一緒に……？」

こんなにも突然、いきなり現れた櫻子とまた現代へ？

「さあ、早く」

櫻子が一歩距離を詰めてくる。

「い、嫌！」

久遠鏡の持ち手を握らされそうになり、思わず手を振り払ってしまった。

「……依十羽」

表情を崩そうとしない櫻子だが、私の反応を見てあきらかに黒く陰る。

「依十ちゃんに無理強いはしないでくれるかな」

そのとき、四季が私の前に出た。

「あなたは？」

「はじめまして。俺は四季。依十ちゃんは、俺の花つがいだよ」

「花つがい？　番ですって？」

その言葉に目の色を変える櫻子。口もとに手を当てて、くすくすと笑みを称えていた。

「やだわ、依十羽。現代では番契約が済んでいなくて落ちこぼれ扱いされていたのに、ここでもう相手を見つけたの」

「そ、それは……」

あくまでも役としてなのだが、言葉を返す前に新たな乱入者が現れた。

「先読みの巫女、今の話はどういうことだ。お前は記憶をなくして、名前以外なにも覚えていないと言っていなかったか？」

彼女に話しかけたのは、陰陽寮の英雄、法師人朔だった。

「……そうだったかしら」

櫻子は臆する様子もなく口角を上げる。

「どうして君がここにいるんだい？　今回の大規模侵攻は過激派主導で、君には伝えられていないって話だったけど」

突然現れた法師人朔に視線を向け、不可解そうに四季は尋ねる。

「巫女殿がこの事態を知らせに来たので駆けつけた。まさかお前や、西ノ宮塾生に会うとは思ってもみなかったが」

法師人朔は私と四季の顔を交互に見て答えた。

私は陰陽塾の修業生として、四季は死喰いの封印後に顔を合わせている。それ以前にも会ってはいたけど、法師人朔に自覚はなさそうだ。

「巫女って……」

「私のことよ。陰陽寮に保護されている間に現代で知った歴史の動きを予言として教えていたの」

頬に手を添えて平然と伝えてくる櫻子に、私は目を見張った。

「なら、死喰いのときも櫻子が？」

「予言だと言って教えたわ。私としては操られたあやかしが人間を襲ったあとに駆けつけてほしかったのだけど。駆けつけたときにはもう事態は収まっていたというし、それって依十羽の仕業でしょう？」

「そうだけど……え？　今、なんて」

聞き間違いでなければ、櫻子はあやかしが人間を襲うのを望んでいたように聞こえた。

「ねえ依十羽。無差別退治、阻止できてよかったわね。でも私は残念だったわ。だってそれは歴史を変えてしまう行為だもの」

「だけど、命が奪われるってわかっているのに、見過ごすなんてっ」

動揺しながらも反論すると、櫻子の頬がさらにぴくぴくと引きつる。

「綺麗ごとね。正直に話しなさい。現代で散々叩かれている陰陽師の悪行をなかったことにしたくて動いたのでしょう。そうすれば帰ったときの未来が変わっているかもしれないものね」

確かにそれも考えた。しかしなによりも命には変えられないと思ったから必死になって阻止したのだ。

「今回の大規模侵攻だって、予定どおり新月の夜に動いたら死喰いのときみたいに止められると思って数日早めたほうがいいと助言をしていたのに。結局うまく止められてしまったわ」

「……なにそれ。この陰陽師の大規模侵攻だって、止められなかったら数万単位の犠牲が出ていたんだよ!?」

「だからどうしたというの」

素知らぬ顔をする櫻子に、私はたまらず言い連ねる。

「私たちの生きる時代は、人妖共生。人とあやかしが手を取り合う世界でしょ！　それなのに、たくさんのあやかしが死んでも構わないっていうの？」

「所詮は過去の命だもの。現代に帰る私に関係ないわ。というより、現代に帰ったときなるべく齟齬《そご》が生まれないように、陰陽師の大規模侵攻は成功させるべきだったんじゃないかしら」

もとから櫻子はなにを考えているのかわからなかった。それが末恐ろしくて、内心いつも怯えていた。しかし、こうして櫻子の本心を聞いても、その考えは到底理解できなかった。

「……信じられない話だが、大方理解した。巫女殿と西ノ宮学生は時代を越えて来た姉妹。そして今回の件も事前に起こると知っていて、元老院に手を貸したと」

眉間に皺を寄せて熟考していた法師人朔は、櫻子に目を向け口を開いた。

「あら、法師人さんの理解が早くて助かるわ。あと姉妹といっても異母姉妹よ」

「依十ちゃんの夢で少し見かけた程度だったけど。なるほど、とんでもない人間だね。余計に引き止める理由ができたな」

会話を黙って聞いていた四季が、かばうように私をそっと後ろに隠した。

「引き止める？　まさかこの時代に？　ねえ依十羽、あなたが生まれたのはずっと先の未来よ。もちろん帰る場所も」

「……戻りたく、ない。私の帰る場所は、あの時代にはないもの。だから私は未来に戻りたくない」

櫻子につられて、勢いに任せた節はある。しかしそれが本音だった。

直後、不気味なくらい静かな櫻子がぽつりと声を出す。

「あ〜〜〜っ、本っ当に聞き分けのない駄犬ねぇ」

心底うんざりした様子で、これでもかと顔をゆがませ私をじろりと睨んだ。

「あんたの意見なんて初めから聞いていないわ。この古くさい鏡はあんたの命令しか聞けないの。だからわざわざ探したんじゃない。あんたのせいでタイムスリップに巻き込まれたも同然なんだから、あんたが私を帰すのは筋だって言ってんのよ！」

「さ、櫻子……」

「だいたい、あんたは私に逆らえないでしょ。ねえ、誰のせいで大火傷をしたと思ってんの？　陰陽師のあんたが力を暴走させたからよね？　この火傷痕が消えない限り、あんたは私の犬のまま従って生きていればいいのよ」

いつも淑やかな、清廉潔白の大和なでしこ。学園の女子の憧れの的であり、完璧以外の言葉がないと褒めに褒められていた櫻子の豹変《ひょうへん》に仰天する。

「そもそも私は、狐のあやかし家の彼と婚約していて、未来の花つがいになる女よ。こんなところで陰陽師だの呪力だの、穢れた匂いが染みついたらたまったもんじゃないわ！」

櫻子は四季を押しのけて私に近づこうとしてくる。手には久遠鏡があり、なんとしてもすぐに帰りたいようだ。

「……なに、あのうるさい人間。は？　狐のあやかし家とか言っていたけど。まさか分家のどこかだったりする？」

「いやー未来から来たらしいので、この時代ではないと思いますけどね」

「だとしても遠い未来にあの女が分家に嫁ぐわけでしょ。ありえない、無理なんだけど」

　ふと聞こえてきた会話は、ここにいる私たちのものではなかった。

　声のするほうに視線をたどらせると、そこには叉可さんと、幾本もの尾をふわりと揺らした若い男が立っていた。

「梅花領主さん、どうもー」

「叉可、君はそこでなにをしてるんだ？　それに彼は……」

　四季は悠長に手を振っている叉可さんと、その隣の青年に目を向けた。

「こちらにおわす方は、九尾国の国主様です。ひと足早く九尾国の襲撃が鎮火したので鬼ノ国の様子を見に行こうとしたら、一緒に行きたいとお願いされたので連れてきました」

　叉可さんの紹介を受け、九尾の国主はふんと鼻を鳴らした。

「今回の立役者の顔を見てやろうと思ったら、遠い子孫が花つがいに迎えようとしている女がこんなだって知っちゃったし、最悪なんだけど」

「試しに遺言書でも遺してみたらどうですか。黒髪長髪の女性は娶るなと」

なんて呑気に話しているふたり。

好き勝手に言われた櫻子は、わなわなと肩を震わせていた。

「これだから古くさい時代にいるのは嫌だったのよ！　依十羽、これを持って一緒に帰るわよ！」

「ちょ、やめっ」

いよいよ櫻子はなりふり構わず強硬姿勢に出る。腕を思いきり掴まれて、私の胸に古びた久遠鏡を押しつけてきた。揉み合いの末、久遠鏡は私の手に渡る。

(現代に、戻りたくない)

幼い頃に祖父と過ごした日々は、現代での数少ない幸せな思い出だった。だけれど、そのあとに待っていた息苦しい毎日を振り返ると心も体も拒絶してしまう。

(でも櫻子をこの時代にタイムスリップさせたのは、やっぱり私が原因な気がする。せめて櫻子だけでも)

そのとき、手に持った久遠鏡がキラッと反射した。

鏡に映ったのは私の顔ではなく、現代の風景。

「きゃっ、なによこれっ」

見ると、櫻子の体が半透明に透けていた。昇り始めた朝日の光を受けて、よりいっそうに。

「西ノ宮櫻子」

ずっと険しい顔をして黙り込んでいた法師人朔は、櫻子の背後に立つといきなり着物の襟を広げた。

「あんた、なにするのよっ!?」

かすかに見えた右肩には、あの日の火傷痕が痛々しく残っている。

「清めたまえ」

たったそれだけ。法師人朔のそのひと声で、右肩の火傷痕がみるみるうちに消えていく。いびつに見えた肌の表面も数秒後には滑らかで健康的な色に戻っていた。

火傷痕の治る瞬間を間近で見ていた私と四季は、揃って「あ」と発する。

(前に火ノ宮神社で捕まったとき、治癒が得意とか言っていたような)

顔に大火傷があるとごまかしていた四季に、なら自分がと申し出ていたけれど、ハッタリではなく本当に得意分野の術だったようだ。

「これで火傷痕はなくなった。言ってくれればいつでも治したものを」

「そんなのこっちの医療技術でどうにでも消せたわ!!」

「そうなのか、ではなぜ消さなかった？　なにか事情でもあったのか」

「うるっさいわね！」

少し天然が入ったように首をかしげた法師人朔に、櫻子は顔を真っ赤にして叫ぶ。

そうしている間にもさらに櫻子の体が透明になっていく。

もしかして、櫻子だけでも帰したいという私の気持ちを久遠鏡が汲み取ってくれたのだろうか。

そうかもしれないと思ったら、消えてしまう前にと私は櫻子のもとに駆け寄っていた。

「櫻子、火傷のことは本当にごめんなさい。だけど、やっぱり私は櫻子のこと好きになれないし、なんならずっと苦手だった！」

「は、いきなりなにを言いたいわけ？」

櫻子はしかめっ面で聞き返してくる。いつもの静かに微笑みを浮かべる櫻子ではなく、きっとこれが本来の素顔なのだろう。

「西ノ宮での生活も、いつもぎりぎりのところで踏ん張っていたの。感情を強く表に出せば呪力が暴走して迷惑をかけるから。ずっとずっと、私は生きた心地がしなかった。息苦しくて仕方がなかった」

でも、と四季のほうに振り返る。

「四季と出会えて、私はまた笑えるようになった。呼吸が苦しくなくなった。生きているると実感ができた。私はこの時代に来て救われた。だから、帰れない」

櫻子と一緒に、なぜか久遠鏡も消えかけていた。きらきらとした光の粒が空に向かって浮かび、朝日に溶けるように存在がなくなっていく。

「私のことを苦手で済ませているあたり、おめでたい頭で本当に腹が立つわ。あんたなんて、一生ここにいればいいのよ」

嫌味ったらしい声を最後に、櫻子の体は完全に消えてなくなった。私の手にある久遠鏡と一緒に、おそらくまた時代を越えたのだろう。

地面には、櫻子が身につけていたロケットペンダントだけが残されていた。

その後、私と四季は一足先に幻楼閣に戻ってきた。四季が妖力を使いすぎて今にも倒れそうだったため、咲月から『あとはこちらが引き受ける。直ちに帰れ』と強制的に帰らされたのである。

あれだけの人数の陰陽師に力を使ったのだ。意識を保っているのもつらいだろう。

今は少しでも休んでほしいと、梅花の間まで入ったところまではよかった。

「し、四季？」

風鬼ちゃんが先回りして敷いてくれていた布団に四季を寝かせようと体を支えていたのだが。

強い力に引っ張られたと思えば、私は背後から抱きしめられていた。

「依十ちゃん、好きだよ」

耳もとでささやかれ、心臓をキュッと鷲掴《わしづか》みされた心地になる。
そっと振り返れば、四季は「ああ、やっと言えた」とこの上なく甘い顔を私に向けた。
「ずっと前から伝えたかった。君が愛おしくて、離したくなくて、誰にも渡したくな
くて、いっそ帰らなければいいとさえ思っていたんだ」
抱きしめる腕の力がほんのり強くなる。けれど包み込むように、優しく、些細な仕
草からこちらの気遣いが感じられ、心に熱が灯った。
「天狗国に行ったとき、もしかしたら依十ちゃんも俺を好いているんじゃないかと
悟った。だけど君がずっと耐えるように口を閉ざしていたから、言うべきじゃないと
我慢したんだ。たとえ俺を好きになってくれていたとしても、未来に帰る意思がある
君に想いを伝えるのはあまりにも身勝手だったから」
明かされていく四季の心の内側を、私は噛みしめるように聞いていた。
ああ、こんなにも私のことを考えていてくれたんだ。私が四季への気持ちを隠して
いる間に彼も同じように悩んでいたのだと想像したら少し涙が出た。
正直まだ夢のようで、頭がふわふわしている。
いつか現代に戻る日が来るからと、最初は恋心から目を逸らしていた。でも、理由
はそれだけではなかった。

「最初はね、私の気持ちを知られたら軽蔑される、拒絶されるかもしれないって恐れてた」

「え……？」

　私の言葉に四季は驚いて目を瞬かせた。

「四季はずっと魅了の力で苦しんできたでしょ。女の人からそういう目で見られること自体嫌だろうなって考えてからは、気づかれないように必死だった。でも四季は相変わらず距離感近いしドキドキするし、夜霞様には会ってすぐに四季のことが好きだって気づかれていたし」

　その時々で必死に隠していたつもりが、思い返してみると笑えるくらいバレバレだった。気づかなかったのは、同じく私に気持ちを伝えまいと頑張っていた四季くらいではないだろうか。

「じゃあのとき、夜霞殿に言っていた俺には秘密っていうのは」

「私が、四季を好きって気持ちのこと」

　ここへ来て初めて口にした『好き』という言葉。言われるのもドキドキするけれど、自分で言うのもかなりドキドキする。

「つまり、顔を真っ赤にさせていたのも、俺のことだったたから？」

「そうだよ。それなのに四季ってば、夜霞様とキスしていたんじゃないかってありえない勘違いするんだから」

「あれは本当にごめん。そっか、そう考えると依十ちゃんがあんなに怒っていたのも俺の察しが悪いせいだね。でもそのあとなんだ。俺が依十ちゃんの気持ちに気づいたのは」

「それって……」

私が体勢を崩して、四季と唇が触れ合ったときのことだとすぐにわかった。

でも改めて口にするのははばかられる。思い出すだけでも頬が火照って仕方がないのに。

「あのときは、襲ってごめん」

気まずかった私は、畳に視線を落としながら謝る。

「ふっ、はは。襲うって。わざとじゃないんだからさ」

「そうだけど……その、い、嫌じゃなかった？」

いくら好きな相手でも、いきなり唇に触れられたら驚くだろうし、嫌がられても文句は言えない。すると四季は私を抱きしめていた腕を離し、自分の膝に肘を置いてこちらを覗き込むように見つめてきた。

「いきなりでもなんでも、俺が嫌だって拒絶すると思う？」

「それはわからないでしょ」

「じゃあ、依十ちゃんは嫌だった？」

うわ、なにこれ。自分から始めた質問だけど、恥ずかしくてたまらない。

四季の優しくて甘い視線とか、あえてこっちに答えさせようとしてくるところとか、そのささやくような声とか。なんだか全部がかっこよく見えてしまってずるい。

「……嫌じゃ、なかった、です。えと、いきなりでもなんでも、たぶん」

それでも自分の気持ちは素直に伝えようと声に出したら、想像を超える羞恥心が襲ってきた。

「俺もだよ。よかった」

微笑んだ四季の顔があまりにも幸せそうでぼうっと見とれていたら、いつの間にか唇を奪われていた。

「……っ」

あの事故のときは一瞬だったのに、今回は違った。

驚きのあまり私は四季にしがみつくことしかできなくて、そのうち夢か現実かの区別がわからなくなってきた頃、ゆっくりと顔が離れた。

「きゅ、急にするなんて、しかもあんなにっ」

「あんなに？」

優しい表情が、ほんの少しだけ意地の悪いものに変化する。

「言わせないで！」

嫌じゃないと否定した手前、うまい反論もできなくて、ばくばくと鼓動を刻んだ胸を両手で押さえて落ち着かせると、四季が「はあ」とため息をついた。

「そうやって可愛い顔ばかりされると、歯止めが効かなくなる。まだ君に好きだと伝えたばかりなのに」

もう一度触れ合いそうな雰囲気を肌で感じる。でももう今は心臓がもたない。

「私を殺す気？」

私は涙目になってじろりと四季を見返した。

「ははははっ。だめだそれ、逆効果になりそう」

そうは言っても四季がふたたび唇を奪うことはなく、代わりに額へ優しく口づけた。

最終話

夜明け前からおこなわれた大規模侵攻の攻防戦は、各国の迅速な対処と事前の対策によって瞬く間に決した。

鬼ノ国・妖都を攻めていた指揮官の謎の撤退により、指揮系統が失われた各所の陰陽師たちも人間界に逃げ帰った。そして大規模侵攻の計画を企てた元老院、及び過激思想の陰陽師たちは、保守派と帝室によって一斉に裁かれることとなった。

梅花領以外の場所では怪我人も多く出たようだが、奇跡的に犠牲者はひとりもいないという話だ。

こうして現代あやかし史で、数万の命が失われたと記されていた陰陽師の大規模侵攻は、無事に阻止できたのだった。

大規模侵攻阻止からしばらくが経った頃。私と四季は、鬼ノ国・妖都で開かれる夜宴に参加していた。

御三妖合同で開かれる大宴会は、大規模侵攻の際に活躍したあやかしたちへの労いも兼ねているらしい。

「ほら、あの方が天王四季様よ」

「初めてお顔を拝見するけれど、なんて美しいのかしら」

「でも半妖だという話よ」

「大勢の陰陽師を撤退させてしまう力があるんですもの、関係ないわ。妖力の高さこそ、あやかしの至高でしょう」

夜宴場に入った瞬間から、四季は注目の的だ。叉可さんが仕入れた着物と飾りでいつも以上に着飾った素顔の彼の姿は、夜宴場中の女性たちを虜にしている。

逆に私は「なにあの女？」という刺々しい視線に当てられていた。

咲月から直々に招待を受けてはいるのだが、私を知らないあやかしのお嬢様たちは異物を見るような目を向けてくる。

「……依十ちゃん、少し顔色が悪いね。水を持ってくるからここに座ってて」

夜宴場の熱やら圧にあてられた私を近くの椅子に座らせて、四季は水を取りに一度離れた。

直後、待ってましたと言わんばかりの勢いで、あやかしの女性たちが私の周りを取り囲んだ。

「はじめまして、少しよろしいかしら」

「はい」

「あなた、四季様の連れでしょう？　どんな関係なのかって皆で噂していたのよ」

「そもそもどこの家門の方なのかしら。失礼だけど、あなたの顔にはまったく覚えがないの」

ひとりの女性がそう言うと、ほかの女性たちも小馬鹿にしたようにくすくすと笑う。

少し前までは、半妖だの、妖力が扱えないだのと、煙たがられる存在だった四季。

しかし今は多くのあやかしたちが繋がりを持とうと必死である。

（……ああ、現代でたまに聞いていた手のひら返しならぬ〝手のひらドリル〟ってこんな感じね）

私はといえば、呑気にそんなことを考えていた。

どんな罵声を浴びせられるかと構えていたけれど、こんな嫌味は許容範囲内だ。私が何年、現代で耐え忍んだと思っている。

そんな余裕が透けて見えていたのか、ひとりの女性が私の肩を強めに押した。

「ちょっと、いい気にならないでよ。あなたも今回の件で見直して、四季様に色目を使った口でしょう？」

「違います」

首を横に振って否定するけれど、女性たちは半信半疑である。

「じゃあどういう理由でそばにいるのよ」

「私は――」

「依十ちゃん、お待たせ」

そこへ水入りの器を手にした四季が戻ってくる。

夜宴場に足を踏み入れてから今まで遠目に四季のことを見つめていた彼女たちは、本人の登場に黄色い声をあげた。

「四季様！」

「はじめまして、四季様」

「ずっとお話ししたくて機会を窺っていましたの」

「よかったらこちらで一緒に――」

「体調はどう？　あまりよくないなら、帰ろうか」

自分に群がる女性たちの声にいっさい耳を傾けることはなく、四季は私の顔を覗き込んで心配そうにしている。

「あの、四季様？」

それでもめげずに四季の関心を引こうと腕を伸ばしたひとりの女性。だが、すぐに冷ややかな言葉が放たれる。

「俺に触れるな」

鬱陶しそうな声と表情に、普段見慣れていない私もびっくりしていた。

初めて会ったとき、冷たく『去れ』と言われたことはあったけど、それ以外は基本いつも飄々とした調子だった。そのため、冷酷な空気を放つ今の姿がなんだか別人に見える。

「はい、依十ちゃん」

「あ、ありがとう」

あまりの拒絶に女性陣たちは凍りついているが、四季はまったく気にした様子もなく私に器を渡した。

なんだかいたたまれないなと思っていると、正装姿の夜霞様がやってくる。

「おう、梅花領の領主殿。いや、もういい加減、四季って呼んでも構わねぇか？」

「ええ好きにどうぞ、夜霞様」

にっこりとよそ行きの笑みで返す四季に、なんだか納得いかない様子の夜霞様。

「なんだつれないな。俺のことも威風でいいんだぜ」

「国主にそんな無礼な真似はできません」

「この男の花つがいとしてどう思うよ、依十羽」

夜霞様から急に話を振られ、私も困ってしまう。

「ゆっくり時間をかけて親密になっていけばいいんじゃないかと」

「だ、そうだ。これからよろしくな、四季」

死喰いと大規模侵攻の件で、夜霞様はすっかり四季を気に入ったらしい。この距離の詰め方も、二度も国の危機を救ってくれた相手に対する敬意の表れなのだと思うのだが、なにせ相手は国主なので四季も接し方を決めかねていた。

「機会がありましたら天狗国の宴にお邪魔させていただきますので、話はそのときにでもゆっくりと」

「それもそうだな。ふたりとも楽しみにしておけよ」

夜霞様はにかっと豪快に口もとを笑わせる。自信満々の言い草に、私は小さくうなずき返した。

「ところで夜霞殿は、女性の扱いを心得ていますよね？」

「ま、たしなむ程度には」

「では、こちらの方々とぜひご歓談ください。暇を持て余しているようなので」

そう言って四季は、話に入れないでいる女性たちを夜霞様に任せ――いや押しつけた。

「依十ちゃん、帰ろうか」

「え？　まだ来たばかりだけど大丈夫なの？」

「君も俺もあまり慣れない場だし、今夜はこの辺で無理せず帰ろう。咲月兄さんにも許可は取っているから」

そういうことならと、私は差し出された四季の手に自分の手を重ねた。

夜宴場をあとにして、私たちは早々に幻楼閣に帰ってきた。

「四季様に依十羽様！　もうお帰りですか？」

天妖門をくぐると、風鬼ちゃんが小走りでやってきて出迎えてくれた。

「せっかく支度を整えてくれたのにすぐ帰ってきて悪かったね」

「いえいえ〜。私は依十羽様を存分におめかしできて大満足だったのでお気になさらず。おふたりも公の場に出られるのはあまり慣れていないでしょうし、今日のところはゆっくり過ごされてはどうですか？」

風鬼ちゃんの言葉に甘えて、私たちは庭園を散歩することにした。

「いつ見ても綺麗だけど、なんだか今日は特に花びらが鮮やかに見えるね」

庭園に植えられる梅の木々を見上げる。

月光と浮かんだ鬼火でちょうどライトアップのようになっているからか、さらに美しく感じた。

「この梅の木たちにも意思があるからね。気分がいい日は花びらが色濃くなる」

「へえ……まだまだ知らないことばかりだね」

現代からタイムスリップをして数ヶ月。ここは変わらず春の季節を彩っているけれど、帝都はもうじき夏本番に突入する。

「これからまた少しずつ知っていけばいいよ」

そう口にしながら四季はこちらに手を伸ばす。髪に指が触れ、くすぐったさを我慢していると、梅の花びらを見せてきた。

「はい、取れた」

「あ、くっついてたんだ。ありがとう」

「どういたしまして。それにしても、こうしてのんびりするのは、少し久しぶりな気がするな」

「確かにそうかも」

じつを言うと大規模侵攻阻止後から、あまり落ち着いて四季と過ごせていなかった。

四季は領地の復興や他領の援助に追われ昼夜ともに働き詰めだったし、私も多少の清め術が扱えるということで、負が蓄積されている大地を少しでも清浄化するため風鬼ちゃんやカグレと一緒に見て回っていたのだ。

それに何度か法師人朔――法師人さんに櫻子や私の素性の件で陰陽寮に呼ばれたりもしていたため、四季とふたりきりになる時間が本当になかった。

それもやっと落ち着いてきたところで夜宴へ参加という流れだったので、今ようやくひと息つけているところだった。

「でもさすがに帰るのが早すぎたかなぁ。結局挨拶ができたの、夜霞様くらいだったし」

首をかしげて四季を見ると、なにやら真剣な顔をしている。

少しだけ伝わってくる緊張感。次第に空気が醸成されていく。

四季はこちらを静かに見下ろし、それからはっきりと告げた。

「依十ちゃん、俺と正式に番契約を結ぼう」

晴れて想いを通じ合わせた私たち。初めて抱いた恋心が報われて、好きだと言ってもらえて、それだけで私は十分すぎると満足していた。それなのに彼はそれ以上の幸せを私にくれようとしている。

「……私とでいいの？」

「今さら君以外、考えられるわけないよ」

くしゃりと笑った四季は、その手を私の頬に滑らせた。

吸い寄せられるような美しい黄金の瞳。真剣な眼差しでじっと見つめられ、鼓動が高鳴る。

「うん、私も……四季がいい」

深くうなずくと、四季は顔をほころばせて私の右手を恭しく取った。そして、ゆっくりと小指に唇を這わせ、妖力を流し込む。

徐々に四季の妖力が体を駆け巡るような感覚が伝わってきた。不思議な感じだけど、まったく嫌な気はしない。

四季が唇を離すと、小指には指輪のような紋様が絡みついていた。

現代でも番契約を結んでいる者同士は、こうして小指に印が刻まれていた。

この紋様は、私を必要としてくれる人がいる確固たる証である。

「これで依十ちゃんは、俺の番……いや、正真正銘の花つがいだ」

四季が幸せそうに笑うので、私もつられて笑みがこぼれる。

「ありがとう、四季。私を選んでくれて」

あの頃は、ただ息を潜めて日々を過ごすのに必死だった。陰陽師の私は誰からも選ばれず、必要とされることはないのだと思っていた。

感情を心の奥深くに沈めて、自分自身を呪って——そのうち死んだように生きていた私の世界は、時を越えたあの瞬間、四季と出会えて息づき始めた。

「君を見つけたとき、奇跡だと思った。だけど、違う。奇跡なんて言葉じゃ足らない」

黄金の瞳が鮮やかに輝き、これでもかと熱情を伝えてくる。

「君は、俺の運命なんだ」

この巡り合わせが、未来と過去で孤独だった私たちを結んでくれた。

もう、ひとりじゃない。私はこの時代で、あなたと生きていく。

＊＊＊

——人妖共生、人妖共栄と謳われるようになり百年以上。現代は、人とあやかしが手を取り合い暮らしている。

人間以外の存在と人間とが結婚する『異類婚姻譚』は珍しくもなんともなく、人間と同じような人型のあやかしから、動植物に似た姿のあやかしまで、異類異形の人外種がうまく世に溶け込んでいた。

人とあやかしの間で交わされる番契約は、最も幸福な契約とされている。

あやかしの番に選ばれた女性は、尊敬と祝福の意を込めて〝花つがい〟と呼ばれており、生涯愛されることを約束されていた。

もともと番契約とは、高位のあやかし同士がおこなう伴侶選定の儀式だったという。

人があやかしに嫁ぐとなれば、それは生贄に等しく、百年以上前の時代でははっきり区別がされていた。

そんな中、人とあやかしの番契約を世に知らしめたのは、鬼のあやかしと、陰陽師の少女であった。

ふたりの山あり谷あり、幸せな一生は、現代において有名な〝運命の愛物語〟として語り継がれている。

完

あとがき

こんにちは、夏みのると申します。

このたびは『穢れた花嫁と孤高な鬼の番契約』をお手に取っていただきまして誠にありがとうございます！

今作は、定番のあやかしものに加えて、タイムスリップ要素を含んだ物語となりました。時代を越えて巡り合った運命のふたりの関係性や、恋に変わっていく過程など、なにかひとつでもこの作品を通して楽しんでいただけていたら嬉しいです。

そして今回、表紙をご担当いただいたのは、くりゅう先生です。

魅力的なふたりを描いてくださって本当にありがとうございました！

また、担当編集様方、校正様。今回もサポートいただきありがとうございます。私の至らなさゆえにご迷惑もかけてしまいましたが、諸々本当にお世話になりました！

最後になりますが、改めてこの物語を読んでくださった皆様、刊行するにあたりご尽力くださった方々にお礼申し上げます。ありがとうございました。

二〇二五年　四月二十八日　夏みのる

この物語はフィクションです。実在の人物、団体等とは一切関係がありません。

夏みのる先生へのファンレターのあて先
〒104-0031　東京都中央区京橋1-3-1　八重洲口大栄ビル7F
スターツ出版（株）書籍編集部 気付
夏みのる先生

穢れた花嫁と孤高な鬼の番契約

2025年4月28日　初版第１刷発行

著　者　夏みのる　©Minoru Natsu 2025

発 行 人　菊地修一
デザイン　フォーマット　西村弘美
　　　　　カバー　北國ヤヨイ（ucai）
発 行 所　スターツ出版株式会社
　　　　　〒104-0031
　　　　　東京都中央区京橋1-3-1　八重洲口大栄ビル7F
　　　　　TEL　03-6202-0386（出版マーケティンググループ）
　　　　　TEL　050-5538-5679（書店様向けご注文専用ダイヤル）
　　　　　URL　https://starts-pub.jp/
印 刷 所　株式会社ＤＮＰ出版プロダクツ

Printed in Japan

ISBN　978-4-8137-1735-5　C0193